L E C R I

D E

LA CONSCIENCE,

O U

RÉPONSE

'A un Écrit, imprimé au Port-au-Prince, intitulé : *Le Peuple de la République d'Hayti*, à Messieurs **VASTEY** ET **LIMONADE**.

Par le Baron DE VASTEY, etc.

Au Cap-Henry, chez P. Roux, imprimeur du Roi.

Juin 1815, l'An douzième de l'Indépendance d'Hayti.

LE BARON DE VASTEY,

Secrétaire du Roi, Membre de son Conseil Privé, Précepteur de Son Altesse Royale le PRINCE ROYAL D'HAYTI.

A ses Concitoyens de Partie de l'Ouest et du Sud.

La Vérité ne se noye jamais ; on a beau la plonger, Elle surnage toujours sur l'eau.

CONCITOYENS,

Consacré entièrement au service de mon Roi, de ma Patrie et à la défense de nos droits, ma plume peut-elle s'émousser contre les traits envenimés de la calomnie ?... Ma voix peut-elle se lasser de tonner contre le crime et le mensonge ?... Non, mes frères, tant que j'aurai un souffle d'existence, le flambeau de la vérité à la main, je foudroyerai le vice impur, le fourbe et l'hypocrite. Heureux, si par mes efforts, je puis contribuer à faire triompher ma patrie, le bon droit et la plus juste de toutes les causes.

Si les oreilles du méchant sont sourdes à ma voix ; si son cœur reste fermé aux accens de la vérité, de la justice et de la raison, du moins j'ai la douce consolation de penser que ces principes éternels germeront dans le cœur des hommes de bien, et que, montrant à découvert le crime hideux, je glacerai d'effroi, de terreur et de remords, l'affreuse conscience du criminel.

C'est dans cette disposition de cœur et d'esprit, que j'entreprends de répondre à un écrit, imprimé au Port-au-Prince, intitulé : *Le Peuple de la République d'Hayti, à Messieurs Vastey et Limonade.*

En son privé nom, le baron de Vastey descend dans l'arène pour répondre à cette pièce, faite sous la rubrique du général Pétion, étant convaincu que S. E. M. le comte de Limonade, de son côté, redressera les mensonges atroces qui fourmillent au milieu de ce pompeux galimatias.

Lorsque l'on voit un vil usurpateur, le fléau de sa patrie, couvert de crimes et souillé du sang de ses concitoyens, se parer des attributs de Minerve, et oser se dire envoyé par la Providence pour gouverner les haytiens ; lorsqu'on voit un lâche, un traître, tenir le langage de l'homme brave et sincère qui a constamment combattu pour la liberté et l'indépendance de son pays, et vouloir se couvrir de ses dépouilles ; lorsque l'on voit ce caméléon se métamorphoser sous toutes les formes, changer de caractère et de sentiment, suivant les circonstances ; lorsque l'on réfléchi sur ses actions et sa conduite infâme, pendant sa vie entière, sur le déshonneur qu'il vient de répandre récemment sur sa nation et sa patrie, en marchandant la liberté de ses frères et de son pays avec un vil espion ; alors les expressions manquent, les épithètes de Moloch, de Thersite, d'énergumène, d'archi-protée, sont impuissantes, pour peindre à nos yeux ce monstre d'hypocrisie ; alors l'écrivain indigné, s'abandonne à l'impulsion de son cœur et à l'horreur que lui cause cet excès d'audace, d'injustice et d'iniquité ; il regrette de n'avoir pas la plume de Démosthènes et la hache d'Hercule, pour abattre l'hydre affreux qui désole sa patrie.

He ! quel est l'homme qui puisse écrire et discuter froidement de pareilles horreurs ? Quel est l'haytien qui puisse voir d'un œil sec et avec un cœur serein les calamités de la guerre civile qui nous affligent ? Quel est celui qui ne sent couler ses larmes et son cœur se fendre à

l'aspect

l'aspect de ces maux ???. Aurions-nous donc des cœurs de bronze, pour être insensibles à nos malheurs et à nos propres intérêts ? Pouvons-nous pousser l'aveuglément, jusqu'à oublier que nous sommes les enfans de la même patrie, des frères qui oivent toujours, malgré nos dissentions civiles, se considérer comme des haytiens ! tel est cependant l'affreux caractère d'immoralité, et l'esprit dans lesquels sont rédigés les écrits de Pétion, chose que je vais vous prouver jusqu'à l'évidence même. Si je m'emporte quelques fois, ô mes compatriotes ! au-delà des règles de la modération, et de la cause juste que j'ai à défendre, je trouverai mon excuse dans vos cœurs : vous ne l'attribuerez qu'à la haine, que tout homme de bien voue à l'ennemi du repos, du bonheur et de la gloire de sa patrie.

J'étais convaincu d'avance que Pétion, pour détourner les traits lancés contre lui seul, aurait par une fourberie, qui lui est si naturelle, emprunté la voix du peuple pour me faire répondre ; mais moi qui n'abhore que ce vil ambitieux, cet ennemi de mon pays, je me garderai bien de tomber dans son piége, et de confondre mes compatriotes dans la même cathégorie de cet être inique. C'est contre lui seul que je vais continuer à d'arder mes traits ; puissent-ils arriver jusqu'à son cœur et lui porter la terreur et la mort.

Je vais prouver comme le plus coupable, le plus fourbe, et le plus artificieux de tous les hommes, vous à trompé, trahi et avili, et comme il s'est lui-même couvert d'un opprobre éternel. Et si du moins par une fatalité inconcevable, il échappe au châtiment et à la justice des hommes, ses crimes n'en seront pas moins livrés au jugement de l'histoire et de la postérité. J'entre en matière.

Dauxion Lavaysse [y est-il dit] dans la pièce que je réfute, *a écrit et s'est rendu au Port-au-Prince, il y a été reçu et obligé de s'expliquer ; il était chargé par ses instructions de faire proclamer l'autorité de Louis XVIII. Y a-t-il réussi ? Avons-nous eu besoin d'employer la violence pour connaître ses intentions ? de le faire figurer, fixé à un poteau dans une église, de lui faire chanter une messe de requiem, et de renouveller pour lui l'usage des auto-da-fe ?*

B

Voici un aveu de la plus haute importance qu'il est essentiel d'approfondir, je le ferai, je l'espère, d'une manière, donc j'ôterai l'envie à Pétion de revenir jamais sur cette affaire, malgré l'astuce et l'effronterie que nous lui connaissons.

Lorsqu'il s'agit de discuter les grands intérêts d'une nation au tribunal des souverains et des peuples, on doit s'appesantir sur la gravité des faits, les méditer, et faire éclater la lumière, la vérité.

Il s'agit ici de prouver au monde, si Dauxion Lavaysse, Franco Médina et Dravermann, étaient des députés de S. M. Louis XVIII, envoyés pour traiter avec les chefs d'Hayti ; ou s'ils étaient [comme ils le sont effectivement] que des espions envoyés sous de faux prétextes pour recueillir des renseignemens sur notre situation intérieure.

Il est important de fixer l'opinion des peuples et des souverains de l'Europe sur cette question ; l'honneur de notre auguste souverain et la gloire nationale l'exigent, d'autant que la solution justifiera la conduite qui a été tenue dans cette circonstance de part et d'autre. C'est ce que nous allons prouver péremptoirement.

De ces deux hypothèses dont s'agit, je tire ces conséquences naturelles, fondées sur le droit des gens.

1°. Si ces trois individus avaient été revêtus du caractère d'ambassadeurs, de députés ou d'envoyés du roi de France, munis de pleins pouvoirs pour traiter avec nous, sans doute il aurait fallu les recevoir, les accueillir, les écouter et les congédier, suivant la nature de leurs propositions ; car il en est qu'il n'est pas permis de proposer à une nation, sans violer le respect dû au droit des gens ; comme par exemple, proposer à un peuple de renoncer à la liberté, pour prendre les chaînes de l'esclavage, ou à défaut de voir sa race exterminée : dans ce cas, on ne doit pas craindre d'user du droit de représailles envers ceux qui n'auraient pas craint eux-mêmes de violer ces droits sacrés par ce principe reçu, du droit des gens, *quiconque abuse de son privilége, s'en rend indigne et mérite de le perdre (1).*

_____

(1) De la manière de négocier avec les Souverains. Privilége des Ambassadeurs, Tome II, page 277, par M. de Caillères.

2°. Si ces trois individus, sous de faux prétextes, se sont introduits dans le royaume, sans être revêtus du caractère d'envoyés, ils devaient être considérés comme des espions, et leur sort est prononcé par les lois des nations.

Ces conséquences posées, examinons maintenant, quelle était la nature de la mission de ces trois individus, le caractère dont ils étaient revêtus, qui les avaient autorisés à traiter avec les chefs d'Hayti; et quelles ont été leurs conduites envers les chefs et le peuple haytiens !

Ces questions sont résolues péremptoirement, par les instructions secrètes de Dauxion Lavaysse, Médina et Dravermann, trouvées sur Franco Médina, l'un d'eux. Cette pièce officielle, signée de la propre main de Malouet, prouve évidemment que ce sont des espions envoyés par ce ministre éhonté, pour s'informer de nos moyens intérieurs, sonder les dispositions des chefs; ils étaient particulièrement chargés de se concerter avec Pétion, pour parvenir à plonger la population noire dans l'esclavage, et la majorité des jaunes dans l'avilissement. Pétion et quelques-uns de ses complices, dont la couleur aurait été plus rapprochée du blanc, qui auraient voulu se souiller de cette infamie, devaient devenir *blanc* par des lettres de *blanc*, digne récompense de leur affreux service. Telle est la nature de la mission et le caractère dont étaient revêtus ces trois bandits.

Passons maintenant à l'examen de la conduite infâme qu'ils ont tenu envers les chefs et le peuple haytiens.

Tout le monde a sous les yeux les deux lettres de Dauxion Lavaysse, écrites de la Jamaïque étant, aux chefs d'Hayti; dans celle du 6 Septembre écrite à Pétion, il lui dit, en parlant des hommes de couleur: *Il (Louis XVIII) nous fera partager les droits de sujets et de citoyens français, ce qui certes est préférable au sort d'être traités comme des sauvages malfaisans ou traqués comme des nègres marrons.* Bien entendu, comme les noirs, car ceux-ci n'ont rien à prétendre des faveurs du gouvernement français, devant être esclaves.

Dans celle du 1er Octobre, écrite au Roi, notre souverain, il a l'insolence de lui faire les menaces les plus odieuses; il lui donne l'*épithète de Chef d'esclaves révoltés; il lui parle de l'extermination de notre* race , qui sera remplacée par une autre tirée du sein de l'Afrique, si nous ne consentons à redevenir esclaves.

D'après de pareilles ouvertures, dont il n'existe point d'exemples dans l'histoire du monde, je le demande maintenant au tribunal de tous les peuples ; je le demande à vous mêmes , mes compatriotes, quelle devait être la conduite que les chefs d'Hayti, sentinelles placées pour veiller au maintient des droits du peuple, de sa liberté et de son indépendance, même de la conservation de son existence; je vous le demande quelle était la conduite que nos chefs devaient tenir envers ces espions.

Je prends les lois criminelles, de police et de sûreté de toutes les nations, nous y voyons que le crime d'espionnage y est puni de mort.

Le code éternel de la justice naturelle , qui ne varie jamais, nous dit : que ce n'est pas aller contre les lois de la justice , que de soutenir et défendre ses droits par les mêmes moyens dont on se sert pour les attaquer.

Par le droit des gens, appellé *primitif*, qui est le même que le droit naturel selon Grotius , il n'est pas permis à une nation de proposer à une autre nation, de choisir entre l'esclavage et la mort ? Les plus odieux tyrans n'ont jamais osé faire de pareilles propositions !

Par le droit des gens, appellé *secondaire*, relatif aux ambassadeurs ; c'est un principe reçu que , quiconque abuse de son privilége s'en rend indigne et mérite de le perdre.

La loi du talion ordonne qu'on fasse souffrir au coupable le même mal qu'il a fait ; que l'on crève un œil à celui qui a crevé un œil à un autre ; que le meurtrier soit puni de mort ; que le faux accusateur, le faux témoin reçoivent le même châtiment qu'il voulait faire souffrir à celui qu'il accusait; les chrétiens ne suivent pas cette loi des payens, mais elle n'en est pas moins conforme à la justice naturelle.

Or , par toutes les lois des nations , Dauxion Lavaysse , Médina et Dravermann devaient subir le dernier supplice , comme espions , et pour avoir osé violer, tout ce que les hommes ont de plus sacré, la justice naturelle et le droit des gens.

Voyons maintenant , suivant nos lois , quelles étaient les obligations des chefs d'Hayti envers le peuple haytiens , et comme ils ont suivi les lois fondamentales de l'état.   Je

Je prends l'acte de l'indépendance d'Hayti ; la formule de ce serment célèbre , que nous prononçâmes lorsque nous prîmes cette résolution mémorable , est ainsi conçue : « *Jurons à la postérité , à l'univers* » *entier , de renoncer à jamais à la France , et de mourir plutôt* » *que de vivre sous sa domination* ».

La formule du serment que Sa Majesté le Roi d'Hayti prête , lors de son avénement au trône , est ainsi conçue :

« Je jure de maintenir l'intégrité du territoire et l'indépendance du » royaume ; de ne jamais souffrir , sous aucun prétexte quelconque , » le retour de l'esclavage ni d'aucune mesure féodale contraire à la » liberté et à l'exercice des droits civils et politiques du peuple d'Hayti ; » de maintenir l'irrévocabilité des apanages et ventes des biens du » royaume ; de gouverner dans la seule vue de l'intérêt , du bonheur » et de la gloire de la grande famille haytienne, dont je suis le chef ».

Généraux , sénateurs , peuple de partie de l'Ouest et du Sud , prenez votre constitution , lisez la formule du serment de Pétion et les articles de la loi concernant son crime , et voyez maintenant s'il pouvait avoir des liaisons criminelles avec un espion , et marchander avec lui la honte et la ruine de ses concitoyens.

Au mépris des lois des nations , de vos propres lois, de l'honneur national insulté par un espion, cet espion a osé se présenter au milieu de vous ; ô crime abominable ! ô honte ineffaçable ! celui en qui vous aviez placé toute votre confiance, la défense de votre honneur et de vos droits, a accueilli cet espion comme député de S. M. Louis XVIII, l'a qualifié comme tel dans ses actes , lui a rendu des honneurs , et a stipulé avec lui, en votre nom , des conditions déshonorantes qui ternissent l'éclat de la gloire du nom haytien ; et pour combler ses outrages envers vous , il vous dit astucieusement que vous avez fait *ce que vous deviez faire* , en vous couvrant d'infamie !...

Un traître , un espion , le complice de Dauxion Lavaysse , Franco Médina s'est introduit dans le royaume , pour mettre à exécution sa mission d'espionnage ; nous lui avons fait exhiber ses passe-ports , ses pouvoirs , comme cela se pratique chez les nations civilisées , il n'a pu

C

les présenter ; nous l'avons arrêté, et nous avons trouvé sur lui les preuves incontestables de la mission de scélératesse et de perfidie, qu'il s'était collectivement chargés de mettre à exécution de concert avec ses complices, Pétion, Dauxion Lavaysse et Dravermann.

Par une infamie et une audace inconcevables, Pétion ose prendre la défense de ses complices et nous accusent : son crime découvert, il devrait au moins se cacher, se taire et se faire oublier, s'il était possible ! .. mais bien loin, il voudrait obscurcir notre gloire et calomnier notre conduite.

Qui pourrait ternir la gloire, dont s'est couvert notre auguste et bien-aimé Souverain dans cette circonstance ? Qui pourrait nous ravir la part de gloire qui rejaillit sur chacun de nous et sur vous mêmes, mes compatriotes ? Est-ce Pétion le complice de ces vils espions ? ? ?

Le Roi, dans cette circonstance, s'est conduit suivant les lois des nations et les lois de son pays, avec sagesse, justice et équité ; il a prouvé au monde que s'il est déterminé à respecter les droits des souverains et des peuples ; il veut aussi que l'on respecte ses droits sacrés envers lui et envers la nation dont il est le chef et le père.

Il a d'abord défendu avec chaleur l'honneur national, attaqué par Dauxion Lavaysse ; il a convoqué les membres du conseil général de la nation ; il a mis à leur délibération la lettre insolente et astucieuse de cet espion, et les mesures que le conseil voudrait prendre pour le salut du peuple.

Nous n'avons pas hésité de venger l'humanité, la justice et nos droits outragés ; nous avons souscrits aux menaces atroces et sanguinaires de nos tyrans ; nous avons préférés d'être exterminés, plutôt que de cesser d'être libres et indépendans.

Nous avons vengés les mânes de nos braves compagnons, morts glorieusement pour la liberté et l'indépendance ; les ombres de nos pères, de nos mères, de nos frères, de nos sœurs, victimes des français, sont sorties des cendres des bûchers, des abîmes de la mer, des entrailles des chiens dévorans, pour nous applaudir, et s'écrièrent avec nous, vengeance ! vengeance !,....

Vous, mes frères, qu'avez vous fait, vous avez contristé nos cœurs, vous avez jeté un voile lugubre sur la patrie......, Mais non, ce n'est pas vous, l'ouvrage d'un monstre ne peut vous êtes imputé......

Pétion, osera peut-être vous alléguer encore, pour se justifier de tant de crimes et d'infamie, que Dauxion Lavaysse avait des pouvoirs et des instructions, autres que ceux que nous lui connaissons, pour faire proclamer l'autorité de Louis XVIII, au Port-au-Prince, comme en effet il a l'effronterie de le dire, d'après les menées ténébreuses qu'il a eu avec cet intrigant pendant son séjour dans cette ville; si cette assertion était vraie, dans ce cas, Pétion a donc vu et examiné les pouvoirs de Dauxion Lavaysse, avant que d'entrer en communication avec lui, sans doute lorsqu'il a convoqué l'assemblée des généraux et des magistrats, il leur a soumis ces pièces importantes au salut du peuple. C'est ce que j'ai l'honneur de demander aux signataires de la pièce que je réfute maintenant ; Pétion vous a-t-il soumis les pouvoirs et les instructions de Dauxion Lavaysse ? En avez-vous eu connaissance ? Si Pétion ne vous a point soumis ces pièces, il est doublement criminel; d'abord de ne l'avoir point fait comme son devoir l'obligeait, et ensuite de vous faire répondre sur des faits que vous ne connaissez pas, et qu'il vous importait tant de savoir. D'un autre côté, si vous avez eu connaissance des instructions et des pouvoirs de Dauxion Lavaysse, pourquoi ne les avez-vous pas soumis au peuple et à l'armée ? Chargé des grands intérêts de ce peuple, votre responsabilité, votre devoir vous y obligeaient ; vous ne l'avez point fait, parce que vous n'en avez pas eu connaissance ; parce que Dauxion Lavaysse n'avait aucun pouvoir quelconque de traiter avec vous; parce qu'il n'était qu'un espion de Malouet, spéciament chargé d'intriguer avec Pétion, et de faire tous leurs efforts, de concert, pour proclamer l'autorité de S. M. Louis XVIII, et parconséquent consommer votre ruine, crime que Pétion n'a pu consommer, et qui n'en est pas moins une vérité incontestable, prouvé par des pièces du ministre de la marine et des colonies de France, et par des pièces signées de la propre main de Pétion, par des pièces signées de ses complices et de ses agens. Aura-t-il encore l'effronterie de nous les contester et de vouloir les révoquer en doute ?

Pour prouver au plus fourbe des hommes que Dauxion Lavaysse

n'était qu'un véritable espion, je vais laisser M. le comte Beugnot, successeur du ministre Malouet, s'expliquer avec Pétion et lui donner la mesure des pouvoirs de Dauxion Lavaysse ; et ensuite, avec les pièces signées de sa propre main et de la main de ses complices, je vais prouver à Pétion qu'il est *dûment atteint et convaincu du crime de haute trahison envers son pays et envers ses concitoyens.* Il ne faut rien moins que de pareilles preuves, pour confondre le plus dissimulé et le plus hypocrite des hommes qui ait encore paru dans les siècles passés, présens et à venir.

Lisez :

Ministère de la Marine et des Colonies.

« Le ministre secrétaire d'état de la marine et des colonies a mis sous les yeux du Roi des lettres insérées dans les papiers publics, et qui ont été adressées de la Jamaïque sous les dates des 6 Juillet [1] et 1er Octobre derniers, aux chefs actuels de St-Domingue par le colonel Dauxion Lavaysse. M. Dauxion, dont la mission toute pacifique avait pour but de recueillir et de transmettre au gouvernement des renseignemens sur l'état de la colonie, n'était nullement autorisé à faire des communications aussi contraires à l'objet de cette mission. Le roi en a témoigné un profond mécontentement et a ordonné de rendre publique sa désapprobation.

Le Ministre d'État, ayant le Département de la Marine et des Colonies,

Le Comte BEUGNOT.

N° 426 de l'Ambigu, extrait du Moniteur de France, du 19 Janvier.

Vous voyez, mes frères, par ce désaveu formel de S. M. Louis XVIII, tout le ridicule et le comique, que la comédie jouée au Port-au-Prince, par Dauxion Lavaysse et Pétion, ont repandu sur l'un et l'autre ; et comme leurs intrigues les rendent pour jamais, le jouet et la risée des hommes. Malheureusement que la conduite de ces deux misérables, dont un est baytien [à la vérité que de nom] ne laisse pas de ternir la belle réputation que nous avons si justement acquise.

---

[1] Ce doit être le 6 Septembre.

Cet.

Cet espion, que Pétion qualifiait de *M. le général Dauxion de Lavaysse, député de S. M. Louis XVIII, roi de France et de Navarre, auprès du Président d'Hayti, vient d'être métamorphosé par le ministre français*, à un simple *colonel dont la mission toute pacifique avait pour but de recueillir et de transmettre au gouvernement des renseignemens sur l'état de la colonie ; et qui n'était nullement autorisé à faire des communications aussi contraires à l'objet de cette mission.*

Mes frères, n'est-ce pas-là de véritables espions, nous faut-il encore d'autres preuves ? Ecoutons les réflexions du savant publiciste, où nous avons puisé ce document sur cette belle mission. Nous ne pourrions faire une meilleure définition ni la mieux caractériser « si la mission des trois enfans perdus ne devait pas s'étendre plus loin que la Jamaïque » on aurait pu, moyennant dix écus de ports de lettres, se procurer des renseignemens tout aussi sûrs à Londres et à Kingston, et même à Paris, au lieu de cent mille francs et plus que coûtera la mission de ces trois *apocos*. C'eut été alors une mission de curiosité ; mais si les envoyés avaient ordre d'aller sur les lieux, elle devenait une opération *toute militaire*. En force, c'eut été une reconnaissance ; individuellement, sans caractère, sous de faux prétextes, c'était un *espionnage* [1] je l'ai toujours envisagé ainsi, et lorsque je la refusai, je dis nettement à M. Malouet, que je ne voulais pas aller me faire pendre. Du reste, la vérité me force à déclarer que j'avais été chargé de dire aux Chefs d'Hayti, mot pour mot, tout ce qui se trouve dans les dépêches du sieur Lavaysse, jusqu'à la menace de la coopération de la Grande-Bretagne. Quoique M. Malouet soit mort, il existe un chef d'escadre français le comte de Villefranche, qui ne disconviendra pas du dernier fait, s'il en est interpellé.

Ainsi, mes frères, que demandez vous davantage ?

Leur espionnage est prouvé jusqu'à l'évidence même ; vous verrez

---

[1] Buonaparte appelait ses dix mille espions, observateurs. On assure qu'il y a au moins 5,000 observateurs dans la légion d'honneur. Que ne les loge-t-on dans les caves de l'observatoire !

D

dans le même numéro comme nos productions ont été accueillies à Londres, vous y lirez que *les imprimés, les proclamations, les réfutations,*
les adresses, les instructions du rénégat espagnol Médina, son
interrogatoire, les détails de son jugement et de sa punition, le
Plan général de défense d'Hayti, toutes ces pièces originales sont
entre les mains du gouvernement et des personnes qui ont des rela-
tions avec Hayti : je ne ferai pas de réflexions sur les résultats de nos
travaux et de nos succès littéraires ; vous êtes haytiens, vous devez être
sensibles à tout ce qui flatte la gloire nationale !

Mais revenons à Pétion et à l'espion.

Cette funeste pensée ne peut revenir à un haytien, sans qu'il éprouve
un sentiment d'amertume et sans que son cœur s'en indigne et demande
vengeance.

C'est donc comme haytien, au nom de mes compatriotes outragés,
que je vais attaquer en face de l'univers, le traître qui a voulu flétrir
l'honneur et la patrie; je vous invoque, haytiens, mes frères de l'Ouest
et du Sud, au nom de cet honneur et de la patrie, si chers à nos cœurs,
de réunir vos efforts, aux efforts de vos frères du Nord pour venger nos
injures. Prouvez à l'univers entier, à votre postérité, que si un traître a
pu abuser un instant de votre confiance, une fois ces trames à découvert,
vous avez su l'en punir, en lavant dans son sang ses crimes et vos outrages.

Je vous ai promis de vous prouver que Pétion était coupable du crime
de haute trahison ; c'est ce dont je vais vous convaincre par ses écrits,
par ses actions, et par les écrits des colons français ses complices.

Je prends le recueil intitulé : *Pièces relatives aux communications*
faites au nom du Gouvernement français, au Président d'Hayti,
par M. le général Dauxion Lavaysse, député de S. M. Louis
XVIII, roi de France et de Navarre, imprimé au Port-au-Prince.

Dans la lettre de Dauxion Lavaysse, écrite à Pétion, de la Jamaïque,
le 6 Septembre, l'on remarque, comme je vous l'ai déjà dit, le passage
suivant : *Il (Louis XVIII) nous fera partager les droits de sujets*
et citoyens français, ce qui, certes, est préférable au sort d'être
traités comme des sauvages malfaisans, ou traqués comme des
nègres marrons.

Dans le paragraphe qui suit, il dit encore : « *Faites ces réflexions*, *ce monologue , général , pénétrez-en les hommes raisonnables qui méritent votre confiance , et vous mériterez les marques les plus honorables de la satisfaction de votre souverain , de la reconnaissance de votre patrie et des habitans d'Hayti , que nous ne pouvons cesser de considérer comme français.*

Or, Dauxion Lavaysse , de la Jamaïque étant, a signalé à Pétion le but de sa mission , il ne lui dissimule pas , il lui parle de le faire *partager* les droits de sujets et citoyens français ; il lui parle des marques honorables de la satisfaction de son souverain et de sa patrie [Louis XVIII et la France]; il termine par insulter la masse de la population qui , selon Dauxion Lavaysse , doit retourner dans l'esclavage, en faisant la menace aux hommes de couleur, s'ils n'acquiesçaient pas à ses propositions , *ils seraient traités comme des sauvages malfaïsans et traqués comme des nègres marrons.*

Je demande maintenant, quel est le souverain ou le chef d'un peuple libre et indépendant , sous quelle dénomination et sous quelle forme de gouvernement quelconque, s'il lui avait été proposé par une puissance de renoncer à l'indépendance de son état , de faire rentrer son peuple sous le joug, en faisant *partager* les droits de sujets et de citoyens de cette puissance à une faible portion de son peuple , et que la majorité serait plongée dans les horreurs de l'esclavage ? Est-il aucun souverain ou chef qui eut voulu prêter l'oreille à de semblables propositions , et se charger d'exécuter une telle infamie ?...

Je demande à Pétion qui a la présomption de vouloir s'assimiler à Brutus et Washington , si des propositions aussi déshonorantes avaient été faites à ces homme illustres, s'ils les eussent accueillies et admises, je ne dis pas par un espion , mais même par un ambassadeur extraordinaire chargé de traiter sur des bases aussi infamantes....

Mais Pétion , bien loin de repousser les sanglans outrages faits au peuple haytien par cet espion, au lieu de lui répondre comme son devoir, ses sermens et la dignité de sa place l'obligeaient , il a encensé et adulé ce vil brigand, et il l'a sollicité de se rendre au Port-au-Prince ; ce que

Brutus et Washington, qu'il voudrait prendre pour modèles, n'auraient sûrement pas fait.

Voici les passages remarquables de sa lettre à Dauxion Lavaysse, en date du 24 Septembre 1814 [coté N° 2].

« Par l'arrivée du brick de S. M. britannique la Moselle, j'ai été » *favorisé* de la lettre que V. E. m'a fait *l'honneur* de m'adresser sous » là date du 6 présent mois, et qui m'annonce la mission dont elle est » chargée par S. M. Très-Chrétienne.

Après s'être entretenue avec l'espion, sur la révolution qui a remplacée S. M. Louis XVIII sur le trône de ses ancêtres, il termine sa lettre ainsi :

» Je regrette après avoir pris lecture des dépêches de V. E. qu'elle » n'ait pas entrepris elle-même le voyage du Port au Prince, où j'eusse » été plus à même de pouvoir communiquer sur la nature et l'étendue » de sa mission, c'est la démarche *que je prends la liberté* de lui » conseiller, la franchise et la loyauté qui ont toujours été la base de » toutes mes actions, garantissent V. E. qu'elle trouvera parmi nous, » cette *urbanité et ces égards dûs à sa personne, au caractère dis-* » *tingué dont elle est revêtue* et au respect envers le souverain duquel » émane ses ordres.

» Je prie V. E. de vouloir bien agréer les sentimens de la haute » considération avec laquelle

» J'ai l'honneur d'être,

» Son très-humble et très-obéissant serviteur,

» [Signé] PETION. »

Vous remarquerez bien, mes concitoyens, dans cette lettre les plates adulations de Pétion, envers cet espion ; elles sont assez saillantes ; il ne lui dit pas, comme il devait lui répondre ; le peuple que je repré- sente, et qui m'a confié le précieux dépôt de la sûreté de ses droits, est une nation libre et indépendante, qui ne se soumettra jamais à aucune puissance étrangère ; il ne lui dit pas S. M. Louis XVIII n'est point mon souverain, la France n'est pas ma patrie, pourquoi me me qualifiez vous de sujet français. Jamais les haytiens consentiront à partager les droits de sujets et de citoyens français, il ne lui dit pas vous êtes un insolent, d'avoir osé outrager un peuple libre, en lui donnant les épithètes de sauvages malfaisans et de nègres marrons, et si, d'après cette audace, vous osez mettre le pieds sur le territoire d'Hayti, je vous ferai pendre pour vous apprendre à respecter les droits des gens et des peuples. Bien loin de cela, Pétion dans sa lettre par son silence, a acquiescé implicitement à tout ce que lui a dit l'espion, selon le proverbe, *qui ne dit rien consent;* il regrette seulement que S. E. n'ait pas entreprise elle même le voyage du Port-au-Prince, où elle trouvera cette *urbanité, ces egards, ces respects* dûs à sa personne et au caractère distingué dont elle est revêtue. Que de bassesses ! que d'encens pour un espion ! quelle honte ! quelle infamie pour Pétion !

Ainsi du moment que Pétion avait admis Dauxion Lavaysse à traiter au Port-au-Prince sur les préliminaires posés, dans sa lettre du 6 Septembre, sans avoir fait aucune objection, il existait entr'eux un consentement tacite, par lequel, Pétion consentait à renoncer à l'indépendance du peuple haytien; il acceptait de partager les droits de sujet et de citoyen français, de remettre les hommes de couleur dans l'avilissement, et il donnait son assentiment, à ce que la population noire fût replongée dans les horreurs de l'esclavage.... Il ne s'agissait plus que de *communiquer* avec Dauxion Lavaysse, pour connaître la *nature et l'étendue de sa mission;* c'est à dire la mesure des concessions qu'il pouvait faire, et d'arrêter les conditions et les moyens pour en venir à l'exécution définitive du traité. Ce qui nous sera facile de prouver.

C'est ainsi qu'après avoir accueilli ce vil espion, il lui a rendu des honneurs que l'on ne rend qu'aux ambassadeurs ; honneurs qui n'étaient pas dûs à Dauxion Lavaysse, quand même il eut été un agent ou député de S. M. Louis XVIII, devant être alors considéré comme un ministre du 3e ou 4e ordre; honneurs, d'autant plus dégradans et avilissans, qu'ils ont été prodigués à un vil espion, à un brigand, qui aurait mieux mérité la corde ; et pour comble d'infamie Pétion a marchandé par écrit avec cet espion, les droits inaliénables d'un peuple, sa liberté, son indépendance.   E.

Je prouve ce fait.

Voici la note que Dauxion Lavaysse a notifiée à Pétion, datée du Port-au-Prince, le 11 Novembre [cotée N° 3]. Le texte est ainsi conçu :

Le soussigné, agent principal de S. E. le ministre de la marine et des colonies de S. M. T. C. pour la restauration de la colonie française dans l'île d'Hayti, à l'honneur de proposer les considé-rations et les mesures ci-dessous mentionnés, à M. le Président Pétion, et aux autorités constitués provisoirement dans cette colonie.

Proposer la restauration de la colonie française dans l'île d'Hayti, c'était proposer de renoncer à l'indépendance, rien n'est plus évident. Admettre Dauxion Lavaysse à traiter sans cette base préalable, c'était reconnaître que l'indépendance était anéantie, c'était consentir facile-ment à voir renverser l'édifice de l'état, c'était commettre un affreux attentat, et faire la plus cruelle injure à la nation haytienne.

Je demande à Pétion, chargé des pouvoirs exécutifs, pour me servir de ses propres expressions, si le pouvoir exécutif pouvait se permettre de recevoir une pareille proposition, et d'entrer en délibération sur cet objet avec Dauxion Lavaysse. L'acte de l'indépendance, la constitution, son serment, son devoir l'obligeaient à rejetter, avec indignation, une ouverture aussi outrageante et aussi contraire aux intérêts du peuple. Pétion a donc violé impunément toutes les lois fondamentales des états. Ainsi ce bien précieux, résultat de tant de glorieux travaux et de sang répandu ; l'indépendance, la seule garantie de notre existence, encore dans son berceau, allait être sacrifiée par le plus fourbe et le plus scé-lérat de tous les hommes.

Il n'est pas de doute, que Pétion et Dauxion Lavaysse, dans leur affreux conciliabule, avaient arrêté de consommer incessamment cet horrible attentat ; il ne s'agissait plus que d'amener le peuple, peu à peu, par la ruse et la persuation, à reconnaître l'autorité de S. M. Louis XVIII ; delà, cette négociation, entre Pétion et l'espion, où à travers de mille subterfuges, de phrases louches et à doubles sens, l'âme et les projets perfides de Pétion se décèlent malgré lui. Je vais vous en donner la preuve ; voici comme Dauxion Lavaysse s'exprime à cet égard, dans sa note à Pétion, du 9 Novembre :

« Ces réflexions préliminaires posées, j'aurais l'honneur de proposer
» au Président d'Hayti, de reconnaître et de proclamer la souveraineté
» du monarque français, aussitôt qu'il aura jugé dans sa sagesse, le
» peuple de ce pays *suffisamment préparé à ce grand et heureux*
» *événement.*

Or, Pétion devait, dans sa sagesse, préparer le peuple à faire le sacrifice de sa liberté et de son indépendance ; a-t-on jamais rien vu de plus horrible ?... Ah ! le scélérat !... Poursuivons ; écoutons l'espion.

« Pourqnoi à l'imitation des hommes sages et énergiques, qui dans
» l'interrègne qui a eu lieu en France, entre la chute de Bonaparte et
» la restauration des Bourbons, le Président assisté de quelques-uns
» des principaux chefs, ne se consitueraient-ils pas, *le Prédident et les*
» *membres du gouvernement provisoire d'Hayti au nom de S. M.*
» *Louis XVIII.*

Pour prix de ses forfaits, Pétion devait être le Président du gouvernement provisoire d'Hayti ; la phrase plus bas nous donne la nature de la scélératesse de ces deux hommes à figure humaine ; elle est ainsi conçue :

Qu'ils songent [les haytiens] bien que les hommes violens et incorrigibles, dont les préjugés seraient incompatibles avec la tranquillité de la colonie, seront repoussé de son sein.

Ici la pensée de cet homme exécrable a besoin d'être expliquée ; ses horribles secrets avec Pétion éclatent dans un jour affreux....

Les hommes violens et incorrigibles sont les défenseurs ardens de la liberté et de l'indépendance, ceux qui ne voudront pas courber leurs têtes sous le joug de l'esclavage ; voilà ce que cet espion appele *préjugé incompatible à la tranquillité de la colonie*, seront *repoussés de son sein*, c'est-à-dire envoyés à l'île de Ratau ou ailleurs ; par qui ? cela ne se demande pas, par Pétion ; voilà en effet l'horrible secret consigné dans les instructions de Malouet à ses trois espions. Voici le passage des instructions de Dauxion Lavaysse à cet égard :

« Quant à la classe la plus considérable en nombre, celle des noirs

« attachés à la culture et aux manufactures de sucre , d'indigo , etc,
» il est essentiel qu'elle demeure ou qu'elle rentre dans la situation où
» elle était avant 1789 » sauf à faire des règlemens sur la discipline à
» observer , tels que cette discipline soit suffisante au bon ordre et à une
» somme de travail raisonnable , mais n'ait rien de trop sévère,
» Il faudra , de concert avec Pétion , aviser aux moyens de faire rentrer
» sur les habitations et dans la subordination le plus grand nombre de
» noirs possible , afin de diminuer celui des noirs libres. Ceux que l'on
» ne voudrait pas admettre dans cette dernière classe et qui pourraient
» porter dans l'autre un esprit d'insurrection trop dangereux devront
» être transportés à l'île de Ratau ou ailleurs. Cette mesure doit entrer
» dans les idées de Péthion , s'il veut assurer sa fortune et les intérêts de
» sa caste ; et nul ne peut mieux que lui disposer les choses pour son
» exécution lorsque le moment en sera venu.

D'après cela , qui peut révoquer en doute que Pétion était parfaitement initié dans la mission de ce scélérat ? et qu'il était instruit du plan
affreusement politique que l'espion était chargé de mettre à exécution ,
de concert avec lui , c'est ce que je vais prouver jusqu'à l'évidence
même , par les propres paroles de Pétion à l'espion , dans sa réponse où
il a l'effronterie de dire à Dauxion Lavaysse , qu'il est devenu haytien
malgré lui , par nécessité , pour éviter la mort ; voici sa réponse , elle
est du 12 Novembre , sous le N° IV.

*A l'honneur d'accuser réception à S. E. le général Dauxion
Lavaysse , de la note qu'il lui a adressée le 9 du présent mois , en
sa qualité d'agent principal de S. E. le ministre de la marine et
des colonies de S. M. T. C. pour la restauration de la colonie française dans l'île d'Hayti etc, etc.*

Pétion , après avoir fait une narration assez animée , sur les maux
que nous avons éprouvés des français , où il excuse plutôt que de justifier les grands motifs qui nous ont porté à proclamer notre indépendance,
dit niaisement à l'espion , avec le masque hypocrite qu'il sait si bien
s'affubler suivant ses desseins : *Je pris moi-même mon parti pour me
soustraire à la mort. Quel était notre espoir ? pouvions nous croire*

à la possibilité de repousser les français ? Mais aussi qu'elle était notre alternative ? Pouvions-nous hésiter dans le parti que nous avions à prendre ? J'ose croire qu'il nous justifie : Dieu et notre persévérance ont fait le reste.

Qui ne voit pas dans cette phrase que Pétion est toujours français dans l'âme ? Ce n'est pas le patriotisme ni l'horreur des français qui l'on fait prendre son parti ; il le dit lui-même tout bonnement, c'était pour se soustraire à la mort, qu'il n'avait aucun espoir, qu'il ne pouvait pas hésiter, ainsi rien de plus clair et de plus positif ; c'est comme s'il avait dit aux français, garantissez ma vie soyez justes et raisonnables, vous me verrez redevenir français ; car j'ai été haytien, malgré moi, par nécessité absolue, quand je n'ai pu faire différemment ; voilà, sans être logicien, le vrai sens de cette belle phrase, et cela est si vrai que vous remarquerez avec moi, comme une chose bien digne de fixer notre attention, que du 6 Septembre jusqu'au 20 Novembre, pendant le cours de cette infâme négociation, dans tous les écrits de l'espion à Pétion, et de Pétion à l'espion, vous ne trouverez pas qu'il soit fait mention d'un seul mot sur la reconnaissance de notre indépendance ; ce qui corrobore et nous donne la preuve évidente que cette importante question avait été décidée par ces deux brigands, et tout nous le prouve par la suite ; c'est sur quoi, mes frères, je vous prie de fixer votre attention.

Pour se faire une juste idée en quel état se trouvait la négociation, à l'époque du 12 Novembre, que je traite maintenant, il faut d'abord considérer à cette époque, quelle était la position respective de Pétion et de l'espion.

C'est ce que je vais faire, afin de jeter un jour lumineux sur cette diabolique affaire ; et pour bien fixer votre jugement, mes frères, il faut que je vous fasse connaître quelles étaient les propositions de l'espion à Pétion, et en quoi ils différaient pour tomber d'accord.

Voici quel était le plan d'organisation politique, conçu et rédigé par Malouet, ministre de la marine et des colonies de France, dont l'exécution était proposée à Pétion par l'espion.

« 1°, A Pétion, Borgella et quelques autres [toutefois que la couleur

F.

» les rapproche de la caste blanche] assimiliation entière aux blancs et
» avantages honorifiques ainsi que de fortune.

« 2°. Au reste de leur caste actuellement existant , la jouissance des
» droits politiques des blancs , à quelques exceptions près qui les placent
» un peu au-dessous.

« 3°. A tout ce qui est moins rapproché du blanc que le franc
» mulâtre , ces droits politiques dans une moindre mesure.

« 4°. Aux libres qui sont tout-à-fait noirs encore un peu moins
» d'avantages.

« 5°. Attacher à la glèbe , et rendre à leurs anciens propriétaires ,
» non-seulement tous les noirs qui travaillent actuellement sur les habi-
» tations , mais encore y ramener le plus possible de ceux qui se sont
» affranchis de cette condition.

« 6°. Purger l'île de tous les noirs qu'il ne conviendrait pas d'admettre
» parmi les libres et qu'il serait dangereux de rejetter parmi ceux atta-
» chés aux habitations.

« 7°. Restreindre la création de nouveaux libres de la manière
» indiquée plus haut.

Voilà enfin , mes frères , quelle était *la nature* et l'étendue de la
mission de Dauxion Lavaysse , et ses propositions à Pétion.

Voyons maintenant en quoi ils différaient.

La question de l'indépendance avait été décidée entre l'espion et
Pétion, c'est pourquoi l'on en parlait plus , comme une affaire déjà
consommée.

Pétion avait également adhéré à partager les droits de sujet et de
citoyen français , comme Dauxion Lavaysse le lui avait proposé par
sa lettre du 6 septembre ; mais après s'être communiqué avec Dauxion
Lavaysse au Port-au-Prince, Pétion vit dans les instructions de Dauxion
Lavaysse la différence qu'il y avait de *partager* un droit avec celle d'en
jouir dans toute sa plénitude. Lorsqu'il vit les différences d'*un peu au-
dessous , de moindre mesure* et *d'un peu moins d'avantages* , selon
les gradations de couleur plus ou moins rapprochée du *blanc* ou du *noir* ;
il vit , dis-je , qu'il s'était étrangement trompé sur la proposition présentée
par l'espion , sous une forme captieuse ; delà , sa correspondance avec

Dauxion Lavaysse, où il fait tous ses efforts pour tâcher d'obtenir la plénitude des droits civils de sujet et citoyens français, que l'espion lui contestait suivant ses instructions.

D'un autre côté, connaissant le caractère bien prononcé du peuple haytien, qui ne courbera jamais sa tête sous le joug des français, Pétion, épouvanté à l'idée du danger qu'il y avait d'attacher de suite à la glèbe et de rendre à leurs anciens propriétaires les noirs, a hésité, a chancelé, et a cherché d'obtenir des conditions qui auraient pu, avec le temps, le mettre à même d'exécuter ses affreux projets, et ensuite l'instabilité de ce gouvernement provisoire, dont il n'aurait été encore que le chef provisoire, ne laissait pas que de l'offusquer. C'est ce que l'on découvre clairement dans tout le cours de ses écrits, et qu'il est aisé de démêler dans la construction de ses phrases artificieuses, à doubles sens, pour ne pas offusquer le peuple; mais qui cependant étaient parfaitement comprises par l'espion; comme celle-ci par exemple; c'est Pétion qui parle:

Je demanderai à V. E. [l'espion] *si nous pouvons rétrograder; si nous pouvons nous départir des avantages précieux que nous nous sommes procurés; de la liberté dans toute l'étendue de sa signification; de l'égalité parfaite de nos droits et de la garantie que nous tenons par les armes qui sont dans nos mains.*

Dans tout cela, mes frères, remarquez bien, pas un mot sur l'indépendance, qu'il aurait été si facile, si naturel et si indispensable d'y placer; il ne dit pas à l'espion nous nous sommes procurés l'indépendance; mais il lui dit, *la liberté dans toute l'étendue de sa signification.* Ce qui répond parfaitement à la demi-liberté, à la liberté restreinte, *attacher à la glèbe, à leurs anciens propriétaires,* proposé par l'espion; et ces mots *égalité parfaite,* répondant à l'inégalité proposée, *à un peu au-dessous, à moindre mesure, à un dépens moins d'avantages;* et la *garantie* que nous tenons par les armes qui sont dans nos mains, réponde à la proposition *de Président et les membres du gouvernement provisoire d'Hayti.*

Or, il est donc prouvé que Pétion avait déjà renoncé à ses droits politiques, à l'indépendance, qu'il était français, qu'il ne demandait qu'à jouir des droits civils de *sujet français,* et la fixité du pouvoir dans ses mains, c'est ce que nous allons prouver victorieusement à Pétion, de son propre aveu; voici comme il s'exprime dans la même lettre que nous examinons:

Le premier acte du Roi en entrant en France, a été l'oubli du passé, de ne voir dans les français, que des français, et de sacrifier au repos du monde et de son royaume les plus cruels souvenirs! il n'a pas compté à cet égard les sacrifices; serions-nous donc les seuls exclus d'en obtenir à notre faveur?

Pétion ne peut nier que dans cette phrase, il se mettait dans le même rapport et dans la même cathégorie des français; il demande à jouir des mêmes avantages que ses frères d'Europe; S. M. Louis XVIII, dit-il, en entrant en France, son premier acte a été l'oubli du passé, de ne voir dans les français que des français; il n'a pas compté à cet égard les sacrifices; serions-nous donc les seuls exclus d'en obtenir à notre faveur ?

Voilà mot pour mot ce que Pétion a dit à l'espion, comme français, il devait avoir les mêmes faveurs que les français, et de suite, il continue perfidement : *Je ne suis pas opposé à l'idée que les hommes ne puissent s'entendre; ils sont, par leur organisation, faits pour se communiquer; delà naissent quelquefois les rapprochemens, etc.,* plus bas, remarquez bien, mes frères, il dit à l'espion : *En adoptant une autre manière de voir, qu'en arriverait-il? la guerre, nécessairement perdrait tout, surtout de la manière dont elle se fait dans cette île, où elle est absolument une guerre de destruction, et ne serait pas à l'avantage du système politique qu'on voudrait suivre,*

Du propre aveu de Pétion, il déclare qu'il avait connaissance de l'affreux système politique de Malouet qu'on devait suivre ; il en avait connaissance ; et il avait la scélératesse de négocier avec le monstre qui s'était chargé d'être le porteur d'une telle infamie ! il ose dire à l'espion que la guerre que vous seriez obligé de faire pour défendre vos droits *perdrait tout, et ne serait pas à l'avantage du système politique qu'on voudrait suivre,* et Pétion ose imprimer et accoler son nom à de semblables horreurs ! vous, mes frères, vous les lisez et vous souffrez qu'un pareil monstre existe au milieu de vous ? Est-il étonnant maintenant

nant si cet être éhonté , a eu la scélératesse de faire imprimer dans la gazette du 15 Janvier, *qu'il avait eu la prudence d'étouffer l'horrible souvenir de certaines instructions, de crainte d'être relégué dans l'île de Ratau ;* peut-on se jouer ainsi de l'opinion publique et des hommes !

Pourquoi Pétion a - t - il étouffé à la connaissance du peuple ces horribles instructions ? Pourquoi l'homme de l'île de Ratau a éludé de répondre à ce fait important ? Je l'en ai déjà accusé. Pourquoi n'a t-il pas répondu ? cela ne se demande pas , parce que c'est Pétion lui même qui devait faire noyer dans les abîmes de la mer les haytiens qui auraient *des préjugés incompatibles à la tranquillité de la colonie, de ces hommes violens et incorrigibles* , qui ne voudraient pas se ployer au système politique que l'on voudrait suivre , l'esclavage comme en 1789.... Ce qui nous aurait conduit par la suite à voir notre race exterminée.

Il est donc prouvé que Pétion était d'accord avec Dauxion Lavaysse pour adopter cet affreux système , sauf les modifications qu'il réclamait de l'espion , pour parvenir à l'exécution de leurs projets, sans secousses violentes, peu-à-peu, avec le temps.

Voici comme Pétion termine sa lettre à l'espion : *Pour pouvoir répondre à V. E. d'une manière précise, à la proposition principale contenue dans sa note officielle. J'ai l'honneur de la prévenir que j'ai convoqué les premières autorités de la république au Port-au-Prince, pour le vingt-un de ce mois, afin de la leur communiquer. J'ai fait sortir à ce sujet un ordre du jour, et j'aurai l'honneur de l'instruire du résultat de cette communication.* Remarquez bien , mes frères, comme Pétion abusait de votre confiance , il devait vous communiquer la proposition principale ; mais il devait vous laisser ignorer pour raison à lui connue , les autres circonstances et accessoires de l'affreux système politique de Malouet. L'île de Ratau et votre esclavage !

Je passe à la lettre de Dauxion Lavaysse sous le N° 5, en date du 19 Novembre; elle vous prouvera , ainsi qu'aux nations étrangères qui commercent avec nous, jusqu'à quel point cet espion avait pris d'empire sur Pétion, je ne puis me refuser au plaisir de transcrire les passages les plus insolens de cette lettre. Après que l'espion lui eut dit , *qu'il était*

G

aussi doux , qu'il a toujours été honorable de se sentir français ;
il continue en ces termes :

» Puissent, M. le Président, les habitans de cette île éprouver la
» même sensation *que leurs compatriotes européens !* la manière
» dont V. E. termine sa dernière lettre, me fait concevoir cette heureuse
» espérance. »

» Toutefois il est une chose qui vient empoisonner un sentiment si
» doux ; je veux dire la facilité , l'avidité même , avec lesquelles ,
» certaines personnes accueillent et propagent ici toutes les nouvelles
» absurdes et mensongères qui sont contraires à l'intérêt et à l'honneur
» de *notre patrie.*

« Et quels sont donc les inventeurs et les colporteurs de ces nouvelles ?
» Quelles sont leurs intentions ?

« Ce sont des misérables , l'écume et le rebut des nations anglaise et
» américaines ; des chétifs commis marchands , des patrons caboteurs ,
» des hommes qu'un commerçant respectable , à la Jamaïque , en
» Angleterre , en France , certes , n'admettrait pas à sa table.

« Mais il paraît que se sont des êtres importants dans ce pays.
» Ils y sont des oracles.

« Non pas pour vous. monsieur le Président , qui êtes trop éclairé et
» trop sage, pour vous laisser influencer par leurs impudentes inepties ,
» à travers lesquelles percent bien grossièrement leur intention et leur
» intérêt de perpétuer la discorde et empêcher le rapprochement de cette
» colonie avec la mère-patrie.

« Après avoir été vos sang-sues, ils voudraient jouer à présent le rôle
» des Hyœnes et des Jäkals , qui rôdent autour des lions , des tigres et
» des autres grands animaux pour se partager les restes des carcasses
» que ceux-ci dédaignent. Tels sont l'instinct et l'intention de ces êtres
» vils et pervers ; qui ne soupirent qu'après les guerres civiles et les
» conflagrations ; soit pour avoir un prétexte de s'approprier les fonds
» de leurs commettans , soit pour se gorger de nos dépouilles et se
» réjouir de nos malheurs.

» Mais nous sommes tous français , M. le Président, que le nom
» auguste de Bourbon soit le signal de notre ralliment. Que la sagesse

(27)

» et la fermeté avec lesquelles vous avez long-temps gouverné ce pays
» durant les orages révolutionnaires soient encore sa boussole et son
» ancre. Que la France et son excellent Monarque ne doivent pas la
» possession de ce pays à la nécessité, mais aux sentimens vraiment
» français, et à la loyauté de ses habitans. V. E. est digne d'opérer ce
» grand œuvre. Puisse-t-il vous devoir la reconnaissance *de votre Sou-*
» *verain et de vos compatriotes* des deux mondes !

» Tel est le vœu bien ardent et bien sincère de celui qui a l'honneur
» d'être avec la plus haute considération,

» Monsieur le Président,

» De Votre Excellence,

» Le très-humble et très-obéissant serviteur,

[Signé] DAUXION LAVAYSSE.

» *P. S. Je prends la liberté de prier V. E. de vouloir bien com-*
» *muniquer cette lettre aux magistrats et aux chefs dont elle va*
s'entourer.

Je m'abstiendrai de faire des réflexions sur cette pièce, en ayant déjà
faites dans ma première lettre aux haytiens, sinon, je vous dirai,
qu'elle déshonore Pétion, s'il pouvait être déshonoré, pour l'avoir reçue
et répondue, par de plates adulations et de paroles insignifiantes. Voyez
sa réponse à l'espion, sous le N° V, datée du Port-au-Prince, du 29
Novembre 1814.

Tandis que Pétion, à genoux comme un vil esclave, prodiguait ses
louanges et ses faveurs à Dauxion Lavaysse ; ce vil espion, semblable
à l'âne de la fable qui s'énivrait de l'encens qu'on brûlait devant la
statue de la déesse qu'il portait, fier et orgueilleux d'avoir réussi dans
ses projets, disait à Pétion, en retour de ses louanges : *Avec quel*
honneur, avec quelles larmes de joie, je m'empresserais de me
mettre sous les ordres du chef actuel du gouvernement d'Hayti ;
de lui offrir de me ranger parmi les chefs militaires et de les
embrasser comme mes camarades et mes frères d'armes ! ! ! Tel
était cependant le langage qu'un espion français osait tenir à des hay-

tiens, après vingt-cinq ans de combats, de peines et de tortures, et
douze années d'une glorieuse indépendance !

Pendant que Pétion se couvrait d'une éternelle infamie au Port-au-
Prince, quelle était la conduite des chefs, du peuple et des troupes ?
ils frémissaient de rage ; ils voyaient avec horreur ce blanc français
parcourir leurs rangs, leur tenir des discours audacieux ; et ils eussent
cent fois immolé cet ennemi de leur patrie, sans le frein de la discipline
et les ordres de Pétion qui les contraignaient de supporter la présence de
ce vil brigand ; c'est un tribut d'éloges que je me plais à payer aux
sentimens qui vous animent, mes frères ; vous nous avez prouvé que
vous eussiez agi comme nous, avec la même gloire, la même énergie,
le même honneur, si vous eussiez eu votre auguste et légitime souverain à votre tête.

Pendant que ces événemens se passaient au Port-au-Prince, du 9 au
20 Novembre, je vais vous instruire de ce qui se passait dans le Nord,
pour vous donner une juste idée des choses et fixer votre jugement défi-
nitif sur la scélératesse de Pétion, et de sa trahison infâme envers le
peuple haytien.

Pétion a l'audace de vous dire, en parlant du Roi : *Qu'a-t-il fait
au contraire ? il a profité de cette circonstance favorable à ses projets, et sous le spécieux prétexte de la paix, il s'est approché de
nos lignes et de nos postes pour tâcher de s'en emparer par ruse
ou par artifice.*

Voici la vérité ; je vous prends pour juges : dès l'instant que nous
avons été instruits de l'arrivée des envoyés français à la Jamaïque,
nos regards se sont tournés vers nos frères de partie de l'Ouest et du
Sud ; malgré que nous avions la conviction que la masse des haytiens
ne consentirait jamais à aliéner sa liberté et son indépendance, nous
n'étions pas moins sans avoir des inquiétudes sur les machinations des
français et de quelques-uns de leurs partisans qui pourraient, par des
conseils perfides, entraîner le peuple dans des fausses démarches ;
hélas ! nos craintes n'étaient réellement que trop fondées ; alors Pétion
marchandait avec un vil espion les droits civils et politiques du peuple
haytien ;

haytien; nous désirions donc de connaître la détermination que pre‑
naient nos frères de l'Ouest et du Sud dans une circonstance aussi
délicate; sans doute, vous étiez dans les mêmes anxiétés que nous sur
notre situation; sans doute, vos regards s'étaient aussi tournés vers vos
frères du Nord; et vos cœurs prenaient le même intérêt à notre situation;
l'opinion que je me plais à former de vous et du cœur humain, me porte
à croire que je ne me suis point trompé dans mon jugement.

Cependant, sans savoir encore quelle aurait été votre décision, notre
Souverain bien-aimé et les honorables membres du conseil général de la
nation prirent la résolution que l'honneur et la patrie exigeaient de nous.

Il nous restait à vous faire parvenir notre résolution, pour vous donner
la mesure de nos sentimens et vous faire connaître notre détermination,
de vivre libres, indépendans ou mourir.

Pendant ce temps, Sa Majesté donna ordre aux généraux de l'Ouest
de ne point commettre aucun acte d'hostilité contre vous, la patrie me‑
nacée, les intérêts de tous, l'obligeaient de prendre des mesures pour en
venir à une réunion générale des haytiens, à l'effet de repousser l'ennemi
commun, qui nous proposait les fers de l'esclavage ou la mort........
Dans cette circonstance, nous fûmes instruits que Dauxion Lavaysse
était arrivé au Port-au-Prince, qu'il y avait été reçu avec tous les hon‑
neurs militaires; nous en fûmes indignés....

Alors tomba dans nos mains l'espion Franco Médina; les horribles
instructions dont il était porteur, nous firent voir le danger que nos frères
de l'Ouest et du Sud couraient, s'ils n'étaient promptement éclairés sur
sa mission de scélératesse; danger d'autant plus grand, que nous
savions déjà de la manière que l'espion Dauxion Lavaysse avait été
accueilli au Port-au-Prince par son complice Pétion.

En vain plusieurs personnes représentèrent au Roi, que puisque le
général Pétion oubliait ce qu'il se devait à lui-même, à ses concitoyens
et à son pays, dans un aussi pressant danger, et qu'il n'avait pas daigné
nous instruire de ce qui se passait au Port-au-Prince [chose que Pétion
n'a pas fait, et qui est horrible] nous ne devions pas non plus l'instruire,
et nous devions garder le silence; le Roi répondait : quelque tort

H

que Pétion ait à mon égard, cela ne m'empêchera pas d'éclairer mes concitoyens, et de les empêcher de tomber dans les piéges de nos tyrans!

En vain encore on lui représentait, puisque nos frères n'ont point eu pour nous la même sollicitude que nous avons pour eux, nous ne devons pas nous inquiéter de ces ingrats.

Sa Majesté répondait encore à ce raisonnement, ce sont des haytiens comme nous, ce sont mes enfans; quels que soient leurs torts à mon égards, je dois les oublier pour ne songer qu'à les éclairer et les sauver du danger qui les menace.

Alors Sa Majesté fit sa proclamation du 11 Novembre, qui accompagné les instructions imprimées de Malouet à Dauxion Lavaysse, Médina et Dravermann.

Lisez cette proclamation et vous verrez quel était alors l'esprit qui dirigeait le cabinet de Sa Majesté....

Mais il fallait vous faire parvenir ces pièces; le Roi ordonna d'envoyer des reconnaissances près de vos lignes, au Mirebalais et aux Arcahayes, pour remettre ces papiers à vos gens mêmes; avons-nous dans ces reconnaissances fait aucun acte d'hostilité contre vous? Pétion aura-t-il l'effronterie de nous dire le contraire. Toutes les personnes qui ont tombé dans les mains de nos patrouilles, n'ont-elles pas été relaxées de suite, avec de bons traitemens? Pétion lui-même, usant des mêmes moyens que nous, quelques temps après, n'a-t-il pas fait prendre à la Grande Saline une de nos barges, montée par quatre hommes, qui fut conduite au Port-au-Prince? Pétion n'a-t-il pas renvoyé la barge avec trois hommes apportant ses papiers? A-t-il existé à cette époque aucun acte d'hostilité de notre part? Avons-nous cherché, comme le dit Pétion, à nous emparer de vos postes, *par ruse et par artifice?* Je vous le demande, mes frères? je vous ai pris pour juges, jugez nous; jugez Pétion.

Vous voyez donc, mes frères, l'insigne calomnie de Pétion, et comme il cherche toujours à égarer l'opinion publique par les mensonges les plus atroces; réfléchissez bien sur l'affreux caractère d'immoralité de Pétion; vous verrez, c'est dans l'instant même que notre généreux Monarque s'occupait de votre salut; c'est dans l'instant même qu'il réfléchissait sur les moyens pacifiques qu'il voudrait employer pour réunir les haytiens et n'en faire qu'un peuple de frères ; c'est dans cet instant même que Pétion ose l'accuser de vouloir s'emparer de vos postes, tandis que lui Pétion, à cette même époque, dont je vous parle, marchandait votre déshonneur avec un vil espion, commettait des actes d'agression envers nous, en faisant enlever par ses patrouilles les personnes du Mirebalais qui étaient paisiblement de notre côté, pour les amener sur le territoire qu'il occupe, qu'il gardait un des hommes de la barge qu'il avait pris ; et c'est lui Pétion, qui ose accuser le Roi de ruse et d'artifice ? Tant d'injustice, tant d'infamie soulèvent le cœur de l'homme ! plus j'approfondis le caractère de Pétion, plus je trouve en lui un monstre indéfinissable ; les bienfaits qui ont tant de pouvoirs sur le cœur des autres hommes, sont pour Pétion, autant d'alimens, qui allument la fureur dont son cœur est possédé, lui inspire la calomnie, et lui met le poignard à la main pour assassiner ses bienfaiteurs ! Tel que Satan dans sa révolte, Pétion ne trouve le bien que dans le mal, la paix dans le désordre, le bonheur dans le crime et la joie dans les larmes.

Mais je m'apperçois que cette digression me fait oublier la conduite de Pétion avec l'espion ; j'y reviens.

J'avais laissé Pétion prosterné aux pieds de Dauxion Lavaysse, à l'époque du 20 Novembre ; et le 21, il devait consommer avec cet espion, leur horrible attentat !

Dieu qui dirige d'une main invisible les événemens d'ici bas ; Dieu qui d'un souffle renverse les entreprises des méchans, lors même qu'ils se croient assurés de leur réussite ; Dieu dans sa providence infinie voulut que le dimanche même 20 Novembre, les papiers du Roi arrivèrent au Port-au-Prince. A la lecture de ces pièces, Pétion et son complice Dauxion Lavaysse en furent frappés, comme d'un coup de tonnerre ; ils demeurèrent atterés, en voyant leurs complots ténébreux découverts ; Dauxion Lavaysse tomba dans un état de syncope, Pétion frémit du danger où sa perfidie l'avait plongé ; il aurait changé de sentiment si son cœur pouvait changer ; mais ne pouvant consommer son crime dans son entier, il substitua à la perte de vos droits politiques, une servitude honteuse ; il vous rendait tributaires de nos tyrans ! !

Je vous prie, mes frères, d'appésantir ici vos réflexions avec moi, ce ne sera pas une époque la moins remarquable dans notre histoire, celle où l'on verra qu'un espion français, après avoir eu l'audace de proposer à Pétion de renoncer à l'indépendance de son pays, de faire partager les droits de sujets à une faible portion de ses concitoyens, et de plonger la masse dans l'esclavage, que les projets abominables de cet espion pleinement découverts, qu'il soit encore parvenu à vous faire consentir à payer un tribut honteux; qu'il soit reparti comblé d'honneur et récompensé. Neuf jours après la découverte de ses crimes, que le chef qui a commis tant d'infamie, qui a flétri et déshonoré sa patrie, qui a voulu ravir la liberté au sept huitième d'une population et avilir le huitième restant, par la seule raison de la différence de leur épiderme; et que ce brigand, souillé de tant de forfaits, ait osé se dire *le Père de la patrie* à ceux-là mêmes qui ont éprouvé ses sanglans outrages; c'est ce que nos derniers neveux ne pourront comprendre, si l'histoire n'attestait cette vérité incontestable; vérité, dont vous êtes les témoins, et que je vous ai démontré *par les actions et les propres écrits signés de la main de Pétion, et par les écrits des français ses complices.* ....

A l'époque du 20 Novembre, Pétion voyant ses projets découverts, au lieu de faire arrêter Dauxion Lavaysse, comme son devoir, les lois des nations, la sûreté de l'état l'obligeaient, il ne fait que changer de batterie; en dépit de toutes les contrariétés humaines qu'il éprouve, il veut consommer son crime en partie, ne l'ayant pu faire dans son entier, au lieu de tenir l'assemblée des généraux et magistrats le 21 Novembre, comme le portait son ordre du jour, je vois que cette assemblée ne s'est tenue que le 27, d'où je présume que Pétion en avait éloigné le terme, pour se donner le temps de la réflexion et de concerter les nouvelles mesures qu'il avait à prendre; mais ceci n'est qu'une présomption de ma part; c'est à vous, mes frères, de voir si je me suis trompé. Je dis donc, d'après la pièce que j'ai sous les yeux, que la résolution de cette assemblée est du 27 Novembre; je vous prie de me prêter votre attention, mes frères, je vous ferai voir comme vous avez été avilis et trompés par le plus grand scélérat qui n'ait jamais

encore

encore paru sur la surface du globe. Voici les propres paroles de Pétion adressées, en votre nom, à ce vil espion ; et remarquez bien, je vous prie, qu'il y avait déjà *sept jours* que Pétion était instruit officiellement de la mission de scélératesse de cet espion, puisque depuis le 20 Novembre il avait sous ses yeux ses instructions.

Cette pièce, cotée N° VII, est ainsi conçue :

ALEXANDRE PETION, Président d'Hayti, à Son Excellence le Général DAUXION LAVAYSSE.

Les généraux et les magistrats de la république d'Hayti convoqués en assemblée, afin de prendre connaissance des diverses dépêches de Votre Excellence, lorsqu'elles leur ont été soumises ; et invités à prononcer sur la proposition y contenue de former un gouvernement provisoire au nom de sa majesté Louis XVIII, pour régir Hayti, etc.

Ici je frémis ; le sentiment d'horreur, que me cause une telle infamie, m'arrête et m'empêche de poursuivre........

O vous que Pétion vient d'entraîner dans l'erreur et dans des fausses démarches qui nous déshonorent aux yeux des nations ! Je vous demanderai encore, haytiens mes frères, si une puissance avait osé proposer à une autre puissance de renoncer à son indépendance, de rentrer sous un joug étranger, de remplacer son gouvernement par un gouvernement provisoire ; je ne dis pas qu'elle lui aurait proposé de faire partager les droits de sujets et de citoyens à une faible portion du peuple et que la masse serait plongée dans l'esclavage ; cet excès d'horreur, d'humiliation et d'infamie nous était seul réservé. Je vous le demande, mes frères, croyez-vous que le chef de cette puissance, à qui on aurait proposé des conditions aussi infamantes, eut convoqué les généraux et magistrats du peuple, comme Pétion a eu la bassesse de le faire à votre

I

égard , pour mettre à leur délibération l'honneur national , les droits imprescriptibles de l'homme , et la patrie qui leur donna le jour.

Voilà cependant ce que Pétion a fait ; que dis-je ? il a fait plus ; ce n'est pas en présence d'une armée formidable , ce n'est pas les dangers et une cruelle nécessité qui l'ont contraint de souscrire à cet excès d'avilissement , c'est volontairement et de son propre mouvement , c'est en présence d'un seul homme , d'un vil espion , éloigné de deux mille lieues de sa patrie , qu'il s'est couvert de cet opprobre et de cette infamie.

C'est ainsi que vous le voyez témoigner ces regrets à ce vil espion ; de n'avoir pu *restaurer*, comme il aurait bien voulu, le pays à la France, ce qui aurait entraîné un soulèvement général , où Pétion et ses vils adhérens eussent mordu la poussière ; voici comme Pétion s'exprime , et comme il manifeste ses craintes et son impossibilité à cet égard ; il dit à l'espion [parlant des hommes de couleur] : *ils ne peuvent comprometttre leur sécurité et leur existence par aucun changement d'état, y penser entraînerait à une subversion subite et générale ;* vous voyez , mes frères , *ce changement d'état,* c'est l'esclavage *des noirs* dont Pétion veut parler, et il dit à l'espion , par les armes que nos frères les noirs reprendraient encore pour revendiquer leurs droits : *cela entraînerait à une subversion subite et générale , et perdrait infailliblement un pays trop long-temps déchiré par les fureurs de la révolution ,* ce qui ne serait pas , comme Pétion vous l'a déjà dit , à l'avantage du système politique qu'on voudrait suivre , l'esclavage. Voilà, mes frères, ce que Pétion a dit à l'espion, et vous voyez bien clairement que ce n'est que la crainte de *cette subversion subite et générale ,* de *cette prise d'armes,* qui auraient compromis sa sécurité et son existence, qui a empêché Pétion de consommer ses affreux attentats avec cet espion ; vous verrez , comme dans un déluge de mots et de phrases tournées d'une manière amphibologique , il avait renoncé à l'indépendance du pays ; c'est ce que vous remarquerez dans celle-ci, en parlant de Louis XVIII , Pétion dit : *Aussi ce serait une gloire éternelle pour Sa Majesté, tout en reconnaissant aux haytiens l'indépendance de leurs droits, de la concilier avec ce qu'elle doit à une partie de ses sujets et en faisant participer les autres aux ressources, d'un commerce, dont les canaux abondans, faisaient le bonheur des deux contrées.*

Vous entendez, haytiens, le commerce de 1788 et 1789 faisait votre bonheur ; Pétion nous le dit, et il se dit haytien! d'un autre côté, Pétion craignant le peuple qui ne voudrait pas renoncer à l'indépendance, base sur laquelle repose la sûreté de son existence ; sachant que le Roi d'Hayti observe sa conduite pour l'empêcher de livrer le pays à la France, et de plonger ses concitoyens dans l'avilissement et l'esclavage, Pétion se trouve très-embarrassé dans la rédaction de ses actes, qui contiennent des principes diamétralement opposés ; voilà ce qui l'a contraint de mettre l'*indépendance de leurs droits,* au lieu de mettre tout simplement l'*indépendance d'Hayti,* ce qui est bien différent ; mais cela n'empêche pas de démêler son insigne fourberie ; voici, mes frères, les propres expressions dont Pétion s'est servies, pour consommer son crime et votre déshonneur avec l'espion : *C'est dans ces sentimens, que, comme organe du peuple que j'ai l'honneur de présider, je proposerai à V. E. agissant au nom de S. M. Louis XVIII, et pour lui donner une preuve des dispositions qui nous animent, d'établir les bases d'une indemnité convenue, et que nous nous engageons tous solennellement à payer avec toute garantie juste, qu'on exigera de nous, et dont elle fera l'application qu'elle jugera convenable, cet ouvrage est digne d'elle. Je désire bien sincèrement que ces propositions puissent être agréables à V. E. ; et dans le cas qu'elle ne serait pas dans la ligne prévue de ses pouvoirs, je me flatte qu'elle voudra bien les présenter aux ministres de son Souverain, et que son séjour à Hayti, où elle aura été à même de connaître plus particulièrement notre caractère national, et ce que nous sommes réellement, l'engagera à le faire d'une manière favorable ; je prie V. E. de ne voir dans cette détermination, que la volonté d'un peuple auquel ses droits et sa liberté sont plus chers que la vie* [remarquez bien, pas un mot d'indépendance] *qui n'agis que dans la conscience intime de sa propre conservation,* sans aigreur ni prévention contre la nation française. *En invitant Votre Excellence d'appuyer ces propositions, auprès de son gouvernement, c'est lui donner une preuve éclatante*

de la haute considération qu'elle a su nous inspirer et dont je me
plais à lui réitérer le témoignage.

> *J'ai l'honneur d'être ,*
>
> *Monsieur le Général ,*
>
> *De Votre Excellence ,*
>
> *Le très-humble serviteur ,*
>
> [*Signé*] *PETION.*

Port-au-Prince le 27 Novembre 1814 ,
an XI de l'indépendance.

Vous voyez sans que j'aie besoin de vous faire remarquer de la manière que Pétion termine sa lettre à Dauxion Lavaysse , comme il a
adulé la nation française et ce vil espion.... Il est sans aigreur ni prévention contre la nation qui a fait dévorer , il n'y a pas douze ans , nos
frères et nos compatriotes par des chiens , etc. etc. etc. , et à l'espion il lui
donne la preuve éclatante , etc.

Malgré que Pétion avait reçu les instructions dont l'espion était porteur ; il lui tenait ce langage ; je vous le demande s'il est possible de
trouver un homme plus *français*, plus *traître* et plus *scélérat* que Pétion.
Voyons maintenant la réponse de l'espion à Pétion , à ses belles propositions ; voici son dernier paragraphe :

» *J'ai l'honneur de vous remercier des choses honnêtes qui me*
sont personnelles, à la conclusion de votre lettre: si je ne les mérite
pas par le stérile et triste résultat de ma mission, ceux qui ont été
témoins de mon zèle, de mes efforts, je dirai même de mes an-
goisses morales, durant une longue et accablante maladie, me
rendront du moins la justice de dire que je n'ai rien négligé pour
arriver à un résultat plus heureux; et que je n'ai pu être découragé,
ni dégoûté par les machinations perverses et journalières, de nos
ennemis, qui sont aussi les vôtres; et contre lesquels je vous le
> *prophétise,*

prophétise , M. le Président , vous serez un jour aussi indigné que je le suis.

J'ai l'honneur d'être avec la plus haute considération ,

De Votre Excellence ,

Monsieur le Président ,

Le très-humble et très-obéissant serviteur ,

[*Signé*] *DAUXION LAVAYSSE.*

Vous remarquerez que cet espion déçu dans ses espérances , de voir Hayti réunie à la France et notre immortelle indépendance anéantie , comme il s'était proposé avec Pétion , reçoit dédaigneusement l'offre des *sacrifices pécuniaires* en faveur des ex-colons , ce qu'il appelle le *triste et stérile résultat de sa mission ;* il ne dit pas non plus , à Pétion, *notre souverain, notre patrie* [parlant de Louis XVIII et de la France] il lui dit simplement , *votre gouvernement , mon pays ;* et remarquez bien aussi , mes frères , cette dernière phrase où l'espion est devenu prophète , *de nos ennemis qui sont aussi les vôtres , et contre lesquels je vous le prophétise, M. le Président, vous serez un jour aussi indigné que je le suis.* Or , les ennemis des français sont aussi les ennemis de Pétion ; c'est des haytiens , c'est de nous que cet espion veut parler , certainement nous nous faisons gloire d'être l'ennemi des français , d'un traître et d'un brigand , le vil complice d'un espion , tel que Pétion.

Telle a été la fin de cette communication scandaleuse , sans exemple dans les annales des nations ; Pétion récompensa l'espion de quelques milliers de gourdes , et il expédia un bâtiment haytien pour transporter son complice à la Jamaïque.

Après le départ de Dauxion Lavaysse , Pétion mesura l'énormité des crimes qu'il avait commis ; il vit par nos papiers , qu'il recevait sans cesse , que sa conduite infâme contrastait avec la sagesse et l'énergie que Sa Majesté , notre auguste souverain , avait déployées ; Pétion vit

K

que sa position devenait scabreuse , il fut donc forcé de rendre publiques ses communications avec Dauxion Lavaysse , et de se justifier de sa conduite plus que criminelle ; mais comme une mauvaise cause se plaide toujours mal ; sa proclamation imprimée en tête de ses pièces , bien loin de remplir son but , n'a servi qu'à faire ressortir et agraver davantage l'énormité de ses crimes ; chaque paragraphe est autant de sottises les plus assommantes ; c'est un chef-d'œuvre d'absurdité ; en un mot, *finis coronat opus;* voici l'exorde : -

Jamais il ne se présenta une époque plus intéressante dans les fastes de la République , que celle dont vous venez d'être les témoins , et où le caractère national devait se manifester d'une manière plus magnanime. Quelle emphase ! quel éclat ! pour vous dire qu'un espion français est venu au milieu de vous ; et que Pétion oubliant ce qu'il se devait à lui-même , aux mânes de ses concitoyens égorgés , brûlés , noyés par ces brigands , qu'il l'a accueilli comme un ambassadeur , qu'il est admis à marchander vos droits civils et politiques , et qu'il est fini par souscrire à offrir un honteux tribut à son maître en votre nom ; et pour comble d'infamie qu'il ait eu le déboire et la honte de voir rejeter ses offres pécuniaires et ses viles adulations qui les accompagnaient , et toutes leurs intrigues et leurs bassesses désapprouvées publiquement par leur commun maître S. M. Louis XVIII. Comme c'est beau ! comme c'est magnanime ! comme c'est honorable pour la République !

L'on découvre tant d'infamie et de scélératesse dans la conduite de Pétion que cela surpasse l'imagination ; les expressions manquent , et la plume la plus exercée ne pourrait définir ce monstre inconcevable ! Comment a-t-il pu se conduire d'une manière aussi horrible ? Comment a-t-il osé tenir un pareil langage à des haytiens ? Comment , mes frères , vous êtes cependant des hommes , comment donc pouvez-vous vous laisser avilir à ce point ? Qui peut donc vous aveugler au point de laisser compromettre votre honneur , votre réputation et votre existence même ? Vous ne réfléchissez donc point ; songez que les nations ont les yeux fixés sur nous ! Laisserez-vous à vos enfans , pour héritage , la honte et l'infamie ?

Je vous conjure , mes frères , au nom de tout ce que vous avez de plus cher , d'ouvrir les yeux sur la conduite de Pétion ; ne vous laissez pas entraîner par ce traître dans un abîme de maux ; songez à votre patrie , à vous mêmes et à votre postérité !

Réfléchissez bien, mes frères , sur tous les écrits de Pétion ; pour pallier ses crimes , vous verrez comme il fait tous ses efforts pour tromper et égarer l'opinion publique sur son compte ; pour y parvenir , il n'y a pas de mensonges, de ruses et de détours qu'il n'emploie pour faire prendre le change , afin de masquer ses démarches et son infâme trahison. Sous sa perfide main , l'événement le plus honteux et le plus humiliant doit , selon lui , illustrer à jamais les fastes de la république ! Trame-t-il avec un vil espion , la perte de votre indépendance ? il le dit lui-même dans ses écrits et nous en avons des milliers de preuves ; il a l'audace de vous dire, que sans l'indépendance il n'y a point de *sécurité,* point de *garantie de notre régénération.* Vous impose-t-il un honteux tribut , une servitude dégradante envers les colons nos ennemis exécrés , qui démontre à l'univers une faiblesse et une bassesse de sentimens indignes de vous ? Pétion vous dit cependant, *que c'est une action généreuse, qu'elle vous honore et donnera l'idée de votre sagesse autant qu'elle fera craindre d'exciter votre ressentiment.*

Ne voilà-t-il pas une singulière et nouvelle manière de s'honorer et de se faire craindre , en donnant des preuves de bassesses et d'une insigne lâcheté ?

C'est ainsi qu'après vous avoir avilis à vos propres yeux ; il vous dit, *haytiens, vous avez fait ce que vous avez dû faire ! le droit des armes a mis le pays dans vos mains; il est votre propriété irrévocable, etc.* Et tout en vous disant ces belles paroles, provisoirement , il commence par aliéner vos propriétés et vos personnes, et il travaillait par dessous main , de concert avec les ex-colons , pour tâcher de les rendre maîtres, avec le temps et graduellement, de vos biens et de vos personnes.

C'est ainsi qu'après avoir fini de tramer avec l'espion , les moyens les plus favorables , pour restaurer Hayti à la France et vous plonger dans les horreurs de l'esclavage, après lui avoir donné tous les renseignemens qu'il avait besoin de prendre sur les lieux ; pour se justifier de cette infâme trahison, Pétion vous allégue pour ses raisons, qu'il a fait partir

cet espion, *parce que les nations par un accord mutuel entr'elles et
dont elles ne s'écartent jamais, respectent le droit des gens; le
caractère d'un envoyé est toujours sacré*, dit - il, *ses intentions
fussent-elles des plus coupables.* Peut-on pousser plus loin l'abus des
choses et des mots ? Je demande à Pétion, si le droit des gens permet
aux nations d'envoyer des espions pour insulter les peuples et prendre
des renseignemens sur leurs situations intérieures ? Je demande à Pétion,
si le droit des gens l'empêchait de faire arrêter cet espion, comme son
devoir, la sûreté de l'état l'obligeaient de le faire ? Puisque Pétion connaît
si bien le droit des gens, je lui demande encore, s'il est permis à un
ambassadeur extraordinaire de violer les lois de Dieu et de la justice,
de conspirer contre la sûreté de l'état, de fomenter des troubles, d'exciter les peuples à la révolte et à la guerre civile ? Je demande à Pétion,
si le privilége du droit des gens, accordé aux ambassadeurs, leur
permet de commettre ces attentats ? et si à plus fortes raisons on peut
arrêter les ambassadeurs qui violent le droit des gens ; je demande
à Pétion ce qu'il aurait dû faire d'un vil espion ? Mais Pétion respecte
trop un espion français pour le faire arrêter, c'est un être sacré pour lui,
ses intentions fussent-elles des plus coupables !

Pétion ignore-t-il que Cellamarre, ambassadeur d'Espagne à Paris,
fut arrêté, sous la régence du duc d'Orléans, pour avoir conspiré contre
l'état ? et qu'il aurait péri sur un échafaud s'il n'était parvenu à s'é-
vader de sa prison. Ignore-t-il qu'un Czar de Moscovie fit clouer le
chapeau sur la tête d'un ambassadeur qui lui avait manqué de respect ?
Ignore-t-il que le pape Léon X fit étrangler le cardinal Alphonse
Pétruchi, malgré qu'il lui avait donné un sauf conduit pour se rendre
auprès de lui ; ce prélat ayant conspiré contre sa personne ? Mais nous
parlons de souverains et d'ambassadeurs, et il ne s'agit ici que d'un vil
espion et de son complice !

En vous faisant cet historique véridique de l'affreux attentat commis
par Pétion et Dauxion Lavaysse sur le peuple haytien, j'ai voulu fixer
vos opinions et celles des nations qui nous observent, faire éclater la
lumière sur les complots ténébreux de ces deux bandits; et livrer au jugement

ment de l'histoire et de la postérité, la mémoire de ces deux hommes exécrables, qui n'ont pas craint de se souiller de tant d'infamies ; il m'était aussi nécessaire de jeter un jour lumineux sur cette affaire, pour repousser victorieusement les calomnies de Pétion, qui n'a pas eu honte de se rendre le défenseur de ces vils espions ; s'il ose encore nous demander si Dauxion Lavaysse a réussi dans son exécrable entreprise ! nous lui répondrons, oui Pétion, l'espion a réussi ; et si la portion d'Hayti qui a le malheur de se trouver sous votre commandement n'est pas restaurer à la France, ce n'est pas de votre faute, vous avez fait tout ce qui a dépendu de vous, et vous n'avez été arrêté dans vos affreux projets, que lorsque vous avez craint de compromettre votre sécurité et votre existence ! nous lui dirons encore, oui Pétion, l'espion a réussi et nous en avons des preuves ! *ils étaient chargés de prendre des renseignemens sur la situation intérieure de la colonie;* eh bien Pétion ! Dauxion Lavaysse n'emporte-t-il pas avec lui ces renseignemens ? Ne les a-t-il pas pris sur les lieux ? Dans vos affreux conciliabules ne lui avez vous pas donné les plans les plus favorables et les plus avantageux, pour restaurer Hayti à la France ? Oui Pétion, l'espion a réussi ; il est arrivé en France, et il a remi au gouvernement français le résultat de ses affreux complots avec vous ; nous vous en donnerons des preuves incontestables, et par écrit ? S'il ose nous dire encore qu'il n'a pas eu besoin d'employer la violence pour connaître les intentions de l'espion, nous lui répondrons, depuis quand un complice a-t-il été obligé de faire violence à son complice ? S'il ose nous demander encore pourquoi avons - nous fait figurer l'espion Médina, fixé à un poteau dans une église, de lui faire chanter une messe de *Requiem*, et de renouveller pour lui l'usage des auto-dafé ? Nous répondrons à Pétion, en mettant en état d'arrestation cet espion, nous avons été encore indulgens envers lui, comme les étrangers nous le témoignent tous les jours ! nous aurions dû, selon les lois des nations, le clouer sur un gibet ; nous répondrons à Pétion, lorsqu'en face des autels et du dieu des armées, nous remercions sa bonté infinie, de nous avoir révélé les affreux projets des ennemis de notre patrie ; lorque nous faisions chanter *un Te*

L.

Deum en actions de grâces au Tout-Puissant, que nous faisions tenter l'église de deuil, en commémoration de la fameuse proscription que Rochambeau, d'exécrable mémoire, fit de nos compatriotes au Port-au-Prince ; lorsque nous vengions à la face du ciel et de la terre nos droits indignement outragés par nos tyrans, et que nous faisions entrevoir aux haytiens le jour de la vengeance ; certes, nous étions loin de penser que nos actions, notre généreux dévouement, seraient blâmés par un homme qui se dit haytien ; nous répondrons donc à Pétion, cette infamie lui était encore réservée ; lui seul pouvait avoir la monstruosité de calomnier ses concitoyens et de s'avilir à défendre des traîtres, des ennemis de sa patrie, de vils espions !!!

Quel homme est-ce donc ce Pétion ? il a donc abjuré tout sentiment d'honneur. Dans la page que je réfute maintenant, je trouve coup sur coup plusieurs faux des plus avérés, des preuves de son insigne perfidie ; s'il en était besoin, pour prouver encore qu'il est le plus traître et le plus scélérat des hommes.

Les voici :

Pétion dit, parlant de Dauxion Lavaysse, *nous nous sommes contentés de lui dire que nous ne pouvions rétrograder, renoncer à la liberté, à nos droits, à la garantie que nous tenons par nos armes, que notre indépendance avait été jurée, et que la mort était préférable à tout changement d'état.*

Je cherche en vain dans les écrits de Pétion à Dauxion Lavaysse, le passage que je viens de citer, il n'existe nulle part ; je défie à Pétion de le produire ? ce sont des phrases recousues avec encore bien de la peine ; il a fallu ramasser les mots épars çà et là pour parvenir à les construire, et encore le sens primitif en a été tronqué, les mots n'étant pas pris dans leurs véritables acceptions ; voici ce que Pétion a dit à l'espion : *qu'ils ne pouvaient compromettre leur sécurité et leur existence par aucun changement d'état, y penser entraînerait à une subversion subite et générale* (1) ; il ne lui a pas dit, comme il a le front de l'avancer aujourd'hui, *que la mort était préférable à tout change-*

_____

(1) Lettre de Pétion à Dauxion Lavaysse, page 19.

ment d'état, tandis que c'est le contraire , c'est la crainte de la mort qui l'a empêché de changer d'état ; je vous ai déjà donné l'explication de ce changement d'état , c'est l'esclavage ; vous voyez , mes frères , comme ce fourbe vous trompe impunément ; avez-vous donc des yeux pour ne point voir ?

Une autre fourberie de la part de Pétion : *Nous avons*, dit-il, *développé peut-être avec quelque énergie nos justes motifs de plaintes, de ressentiment et de méfiance contre la nation française.*

Voici les propres paroles de Pétion à l'espion [1].

Le peuple n'agit que dans la conscience intime de sa propre conservation sans aigreur ni prévention contre la nation française.

Voilà ce que Pétion a dit à Dauxion Lavaysse ; certainement c'est bien l'opposé de *ressentiment* et de *méfiance* , comme Pétion voudrait bien le faire accroire aujourd'hui ; mais , quel est celui qui ne s'aperçoit pas que ses trames à découverts , il chante la palinodie ? et il voudrait redevenir encore haytien malgré lui.

Je vais vous mettre sous les yeux , mes frères , une autre fourberie , une autre scélératesse de Pétion ; vous verrez que rien n'est sacré pour cet homme, pourvu qu'il accomplisse ses affreux desseins.

Je vais transcrire ses propres paroles ; ensuite , je lui répondrai par des faits, par des preuves, qui vont confondre à jamais Pétion l'hypocrite, le traître, le faux, qui a commis tous les crimes envers son pays ; qui a vendu ses concitoyens sans pouvoir les livrer ; voici ses propres paroles :

Le Président d'Hayti (Pétion l'infâme !) *dont la politique est aussi profonde qu'elle est éclairée, a profité de cette circonstance pour rendre un arrêté qui diminue de cinq pour cent les droits sur les marchandises anglaises, tandis qu'il les maintient dans leur entier, sur les autres marchandises, cet acte a donné la mesure de ses opinions et de sa détermination.*

Pour démontrer jusqu'où Pétion le faux, pousse l'astuce et la perfidie, il n'est besoin que d'observer dans la même circonstance dont il veut

<hr>

[1] Lettre de Pétion à Dauxion Lavaysse , page 20.

parler; il négociait avec Dauxion Lavaysse au Port-au-Prince, en France par ses agens, pour donner le commerce exclusif à la France; quelle scélératesse ! de prendre un arrêté, d'un faible intérêt, en faveur des anglais, dans le même instant qu'il négociait pour les chasser définitivement d'Hayti.

Qui ne voit pas que Pétion en prenant cet arrêté, suivant sa politique perfide, a cherché les moyens de masquer ses véritables intentions, pour détourner l'imagination sur ses intrigues avec les français, et se réserver en même temps une porte de derrière, pour en faire usage suivant les circonstances; d'abord, il lui importait peu de concéder *cinq* pour *cent* de droit sur les marchandises anglaises; puisque son intention était de les proscrire, pour favoriser exclusivement les marchandises françaises, et ensuite, si les événemens et les circonstances avaient tournés contre lui, il s'était réservé un prétexte pour faire valoir sa prétendue détermination, comme il a en effet le front de le faire; à présent que ces trames sont déjouées; mais quels sont les imbéciles qui se laisseront prendre aux subterfuges de Pétion, à ses dénégations tardives et mensongères; ses pièces subséquentes, sa conduite, sa négociation, et les conventions qu'il a prises avec Dauxion Lavaysse, ne détruisent-elles pas toutes ses allégations ? Pétion peut-il détruire ce qui a existé ? pour se convaincre de la vérité, il n'est besoin que de jeter un simple coup-d'œil sur ses écrits, et sur d'autres encore, bien plus importans, que nous allons soumettre au jugement de nos lecteurs.

Je vais encore vous convaincre, mes frères, que la vie entière de Pétion n'est qu'un affreux mélange de fausseté, de crimes et de trahison les plus infâmes; vous verrez que c'est toujours avec le sourire sur les lèvres qu'il vous présente la coupe empoisonnée; vous verrez que c'est dans le même instant qu'il avait résolu de cesser toutes ses relations commerciales avec l'Angleterre; qu'il s'obligeait de donner le commerce exclusif à la France, de lui fournir un contingent de troupes haytiennes dans le cas d'une guerre maritime; c'est dans le même instant, dis-je, qu'il a pris cet arrêté qui donne, dit-il effrontément, *la mesure de ses opinions et de sa détermination*. Quel excès d'hypocrisie et de scélératesse ! voilà ce qu'il appelle sa politique profonde et éclairée ! Je

Je vais moi lui donner la véritable mesure de ses opinions, de sa détermination et de ses crimes; qu'il tremble le scélérat!

M. Pierre Antoine Gentil, haytien, qui a laissé Paris dans le mois de Février dernier, est arrivé le 14 Mai dans le port du Cap-Henry, passager sur le navire anglais Governor Harcourt, capitaine Thomas Atkinson, consigné à M. James Bradock.

M. Gentil était porteur d'un paquet à l'adresse de S. E. le général Pétion, Président d'Hayti, qui lui avait été remis à Paris par un ex-colon, agent de Pétion. M. Gentil, qui avait été à même d'entendre de la bouche des ex-colons et de la bouche même de l'agent de Pétion, toutes les ramifications de sa trahison, n'ayant pas voulu servir les projets criminels de Pétion avec les ex-colons, au grand préjudice de ses concitoyens, a fait la remise de ce paquet au gouvernement, ces dépêches ont été lues en présence des négocians étrangers par le ministre et sécrétaire d'état; chacun d'eux s'est assuré de l'authenticité de ces pièces.

Je vais les transcrire, afin de dérouler aux yeux des haytiens et des étrangers qui commercent avec nous, l'infâme trahison de Pétion envers son pays et toute sa scélératesse envers le peuple anglais.

Malgré son imperturbabilité dans le crime, je suis bien certain de l'épouvanter; je le vois frémir d'effroi....

COPIE de la Lettre du Sieur CATINEAU LAROCHE, ex-Colon de Saint-Domingue, datée de Paris, 16 Février 1815.

A Son Excellence le Général PETION, Président, au Port-au-Prince.

MON CHER AMI,

Il est beaucoup question, comme je vous l'ai déjà marqué, d'envoyer sur la Gonave, les Cayemittes, l'Isle-à-Vaches et La Tortue, des troupes qu'on y laissera s'acclimater. On parle, entr'autres, de faire partir d'ici 8000 hommes pour La Tortue; une partie des troupes qui

M.

viennent d'être envoyées aux îles du vent iraient ou les rejoindre ou s'acclimater sur les autres îles. Pendant ce temps, on enverrait des émissaires pour semer des troubles dans le Nord, et on vous proposerait de mettre les troupes européennes sous vos ordres pour faire la guerre au Roi d'Hayti.

Je crains bien que mon exprès n'arrive trop tard : cependant, comme il n'y a pas encore de troupes embarquées, et que l'argent n'est pas plus commun ici que les moyens de transport, j'espère qu'il arrivera à temps, des circonstances de même nature peuvent avoir lieu plus d'une fois et vous devez juger combien il est important que vous me donniez les moyens de correspondre avec vous. Vous devriez avoir toujours en Angleterre des bâtimens et des agens à ma disposition.

A l'époque actuelle, surtout, vos intérêts peuvent être gravement compromis, faute de moyens de correspondre.

Il paraît que ce sont les agens que vous avez reçus qui ont donné l'idée de s'emparer des petites îles et d'établir un blocus.

Je vous prie d'agréer l'assurance de ma respectueuse considération et de ma constante amitié.

Signé, **CATINEAU LAROCHE.**

Rue du faubourg Saint-Honoré, N° 84.

P. S. J'ouvre ma lettre pour vous donner connaissance d'un projet mixte qui vient d'être adopté.

Il s'agit de vous nommer Gouverneur de toute la colonie, et on dit qu'on va vous envoyer des commissaires porteurs de l'acte de votre nomination.

Reste à savoir si le gouvernement ne voudra pas qu'on lui remette l'administration intérieure. Dans ce cas, malgré votre nomination, le système de l'esclavage serait rétabli dans quelques années, à moins qu'on ne fit des lois contraires ou qu'on ne confirmât celle du 2 Février 1794.

Le projet présente un danger bien plus grand, c'est qu'il vous mettra en guerre avec le roi Henry, et que les troupes disponibles de la France ne suffiront pas pour vous mettre en état de lutter long-temps avec succès. Si vous avez la guerre, la colonie sera bouleversée.

Copie de la Lettre du Sieur CATINEAU LAROCHE, datée de Paris, 17 Février 1815.

A Son Excellence le Général PETION, Président, au Port-au-Prince.

MON CHER AMI,

On parle beaucoup en ce moment de vos bonnes dispositions à l'égard de la France, et on répand le bruit que vous offrez de lui accorder des relations de commerce aussi favorables qu'elles l'étaient en 1789, et que vous désirez conserver l'administration intérieure et *une espèce* d'indépendance. On ajoute que vous allez envoyer des commissaires pour traiter sur ces bases.

Vous faites fort bien de conserver l'administration intérieure, car si la France en était saisie, la marine vous renverrait des vieux colons artisans de troubles, et avant peu vous seriez aux prises avec les factions.

Les gens qui pensent sont d'avis que l'essentiel pour la France est qu'elle trouve à Saint-Domingue des marchandises dont elle a besoin en échange des produits de son sol et de ses manufactures. Excepté les colons, personne ne croit que notre gouvernement doivent s'inquiéter beaucoup de la remise des propriétés, et au fond il importe fort peu que les terres des antilles soient cultivées par des mains libres ou par des mains esclaves, par des noirs ou par des blancs. L'essentiel est que ces terres soient cultivées et que le produit en soit livré au commerce français.

Il résulte de cette opinion, qui est générale parmi les hommes éclairés, que si vous persistez à demander qu'on vous laisse dans votre ressort l'administration intérieure, en recevant des consuls pour les intérêts du commerce français, et aux offres de rétablir les relations commerciales avec la France sur le même pied qu'avant 1789, cette demande et ces offres seront définitivement agréées. C'est l'opinion du Roi et du ministère, excepté le ministre de la marine, influencé par les colons.

Je crois que mes démarches auront définitivement pour effet d'empêcher toute expédition militaire. Celle qu'on avait projettée paraît ajournée jusqu'en Mai.

Quant à la remise des propriétés, vous concilierez sans doute la justice avec les circonstances, et si les propriétés de quelques braves gens qui vous ont témoigné de l'attachement étaient distribuées en dotation, vous pourriez les indemniser sur un fond commun.

Au reste, ne doutez pas du zèle que je mettrai à vous servir.

Agréez les vœux que je fais pour vous, l'hommage de mon respect et l'assurance de ma constante amitié.

Signé, CATINEAU LAROCHE.

Rue du fauxbourg Saint-Honoré, N° 84.

P. S. Je vous ai parlé de la nécessité d'avoir un ou plusieurs commissaires, il faudrait leur donner des instructions et des pouvoirs pour conclure un arrangement avec la France ; si j'avais eu vos pouvoirs pour négocier, il y a six mois que j'aurais obtenu du Roi une déclaration confirmative de vos droits et de la liberté, et qui vous aurait conservé l'autorité.

A tout événement, je vous envoie un modèle de pouvoir et d'instructions que vous me donnerez et que vous rendrez communes aux autres commissaires.

COLONIE DE SAINT-DOMINGUE.

Nous soussignés chefs militaires et civils de la colonie de Saint-Domingue,

Animés du désir de conclure un arrangement amiable entre cette colonie et la France ; voulant, autant qu'il est en notre pouvoir contribuer au rétablissement des rapports commerciaux, à effacer les maux de la guerre, à faire respecter les propriétés, assurer l'ordre public et l'oubli

l'oubli du passer, venir au secours des malheureux français, propriétaires dans cette colonie, et garantir les droits de tous les habitans;

Nommons M.

Notre commissaire général auprès de Sa Majesté le Roi de France
et de Navarre, à l'effet de stipuler les conventions d'un accommodement entre la colonie de Saint-Domingue et le gouvernement de la
France et en suivre les bases qui sont arrêtées dans les instructions que
nous lui transmettons sous la date de ce jour.

Promettant de ratifier lesd. conventions en tant qu'elles ne dérogeront
pas essentiellement aux instructions précitées.

En conséquence nous supplions Sa Majesté Très-Chrétienne et son
gouvernement d'accueillir M.

Notre fondé de pouvoirs à l'effet de suivre les négociations pour led.
accommodement et de le faire reconnaître, en tant que de besoin, en
ladite qualité.

Fait à

le

INSTRUCTIONS pour M.
Commissaire général, chargé par les Chefs militaires et civils de Saint-
Domingue de négocier les conditions d'un traité d'alliance ave Sa
Majesté Très-Chrétienne.

Le négociateur fera connaître à Sa Majesté le Roi de France et de
Navarre que les Chefs de la colonie désirent que la négociation ne soit
pas suivie avec le ministère de la marine notoirement influencé par une
faction qui a causé les malheurs de Saint-Domingue, et les entretient
depuis vingt cinq années;

La négociation devra être suivie, soit avec le ministre de la maison
du Roi, soit avec celui de l'intérieur, officiellement chargé des grands
intérêts du commerce et des manufactures, soit avec le ministre des
affaires étrangères;

N

Le négociateur proposera, au nom des Chefs de la colonie,

1°. De recevoir dans les ports de Saint-Domingue les vaisseaux du commerce français, sur le même pied qu'en 1789, et de n'imposer sur les marchandises importées ou exportées par ces vaisseaux, d'autres droits que ceux qui existaient à cette époque ; c'est à dire d'accorder à la France le commerce exclusif des colonies, sauf les modifications stipulées en faveur du commerce étranger par l'arrêt du conseil du 30 Août 1784 ;

2°. De restituer aux européens possessionnés à Saint-Domingue leurs propriétés respectives, sauf les modifications qui vont être indiquées ci-après savoir ;

Que toute propriété affermée par l'administration coloniale avant la conclusion du concordat, continuera à être exploitée par le fermier jusqu'à l'expiration du bail, et que le propriétaire ne pourra réclamer que le produit du fermage ;

Qu'à l'expiration des baux, et avant la prise de possession, les propriétaires indemniseront les fermiers pour les améliorations et constructions qui auront été faites pour remettre ces propriétés en valeur, à moins qu'il n'y ait clause contraire dans les contrats ;

Que les propriétés particulières dont le gouvernement aura disposé depuis 1794 inclusivement, soit à titre d'indemnité ou récompense, soit à titre de dotation, ou autrement, resteront la propriété des possesseurs actuels, sous l'obligation qui sera contractée par les Chefs de la colonie, d'indemniser les anciens propriétaires, soit par la concession de terres ou domaines appartenant à l'état, soit à défaut de domaines de cette nature en quantité suffisante, sur un fonds spécial provenant d'une contribution générale extraordinaire, soit par l'un et l'autre moyen s'ils le jugent convenable ; et sur l'évaluation desdits biens en la forme accoutumée ;

3°, De donner un libre accès dans la colonie à tous les français qui s'y présenteront, à l'exception des anciens colons qui, pour y rentrer, seront assujettis à demander l'agrément du gouvernement de Saint-Domingue, ce qui ne sera pas nécessaire pour leurs femmes et leurs enfans mineurs ;

4°. De donner abri dans les ports de Saint-Domingue à tous bâtimens de guerre ou corsaires français, toutes les fois que la France sera engagée dans une guerre maritime, et de mettre à sa disposition jusqu'à concurrence de trois mille hommes de troupes régulières pour ses expéditions dans les Antilles, lesquelles troupes seront, pendant le temps de leur service, entretenués et soldées par la Colonie.

5°. A chaque changement de règne de prêter foi et hommage au nouveau Roi par l'organe de trois députés de la Colonie, et de lui donner trois millions tournois pour droit de joyeux avénement.

6°. D'admettre dans la Colonie un Consul général et deux Consuls français chargés de protéger le commerce de la France.

Pour prix de ces concessions le négociateur demandera :

7°. Que sa majesté Très-Chrétienne renonce, pour elle et pour ses successeurs à la faculté de s'immiscer dans l'administration intérieure de la Colonie ;

8°. Qu'Elle fasse protéger par sa marine militaire le pavillon de la Colonie, les personnes et les propriétés des habitans. ;

9°. Qu'Elle admette auprès de son gouvernement un agent de la Colonie, sous le titre de Consul général, et un Consul dans chacun des ports de Marseille, Bordeaux, Nantes, Bayonne, le Havre, Saint-Malo et Dunkerque ;

Ce projet de traité dans lequel nous nous sommes efforcés de satisfaire les intérêts particuliers, autant que le permet l'état présent de la Colonie, et dont les dispositions sont toutes dans l'intérêt politique de la France, puisqu'elles auront pour effet de lui donner les bénéfices de la Colonie sans lui en faire supporter les charges, sera probablement agréé par sa majesté Très-Chrétienne, si la discussion en est confié à des hommes d'état ; nous le désirons, parce que nous aimons la France, et parce que nous soupirons depuis long-temps après l'époque où elle nous permettra de vivre en paix avec elle M.   insistera sur l'adoption de ces propositions, et en s'attachant à en maintenir les dispositions essentielles, il consentira, pour les détails, toutes les modifications que la discussion lui aura fait juger raisonnables et justes.

Fait à

la

La lecture de ces pièces répand des flots de lumière sur la conduite de Pétion avec Dauxion Lavaysse ; leurs complots ténébreux, leur langage mystérieux, tout devient sensible au doigt et à l'œil, tout devient clair et intelligible, tout est enfin expliqué ; les inductions se changent en certitudes, et les faits sont appuyés de nouvelles preuves qui les rendent encore plus incontestables. Au résumé, il est prouvé que Pétion avait renoncé à l'indépendance pour conserver l'administration intérieure ; il devait être Gouverneur Général de la Colonie ; les ex-colons devaient rentrer en possession de leurs biens ; l'esclavage devait être rétabli dans quelques années ; la France devait avoir le commerce exclusif comme en 1789, des abris pour ses vaisseaux et corsaires dans nos ports, et un contingent de troupes régulières dans le cas d'une guerre maritime : Pétion devait se mettre à la tête des troupes européennes pour faire la guerre au Roi, afin de réduire la population sous l'autorité de la France ; enfin, il est prouvé que des agens français allaient et venaient du Port-au-Prince à Londres et en France, pour apporter à Pétion et au gouvernement français tous les renseignemens qu'ils pouvaient avoir de besoin, pour diriger de concert les opérations militaires contre Hayti. Tel a été le sujet des voyages des Liot, des Tapiau, des Gabarge, des Méronné, des Dauxion Lavaysse, etc. etc.

De tous les temps, les hommes se sont rendus coupables de tous les crimes ; le déicide, le régicide, l'homicide, etc. ont épouvanté les humains ; mais jamais aucun monstre ne s'était encore souillé d'un genre de crime aussi horrible que celui dont Pétion s'est rendu coupable, de l'*assassinat* d'un peuple entier ! Oui monstre exécrable tu as assassiné le peuple, puisque tu voulait le livrer à la discrétion de ses bourreaux ! !

Vous faut-il, mes frères, d'autres preuves de l'affreux suicide politique commis par Pétion, sur le peuple haytien, lisez les différens passages que nous avons extraits des journaux français et des écrits des ex-colons ses partisans :

EXTRAIT

EXTRAIT du Journal des Débats de Paris, du 16 Janvier 1815.

« Quand nous avons eu occasion de parler des commissaires envoyés pour traiter avec les chefs qui gouvernent à Saint-Domingue, nous avons constamment énoncé l'opinion que Christophe ne se soumettrait pas, et qu'il faudrait *détrôner ce grand homme* d'Hayti. Si M. Lavaysse, qui, dans son *voyage à la Trinité, Saint-Vincent, Tabago,* etc. a écrit plutôt en ami des noirs qu'en ami des blancs, s'était flatté de persuader à Christophe *de descendre du trône,* son *jugement* n'est pas aussi *sain* que celui que les ministres de cet *usurpateur* attribuent à leur maître. La résolution de Christophe ne doit influer en rien sur le plan qui seul peut rendre Saint-Domingue à la France. C'est le parti que prendra Pétion qui décidera du sort de cette colonie. Si ce chef, que l'on dit exempt d'ambition, d'un caractère doux, et plus éclairé que son rival Christophe, consulte les intérêts de la caste des hommes de couleur, dont il fait partie, il traitera avec la France. Il sera facile de démontrer aux hommes de couleur, qu'étant propriétaires comme les blancs, et ne pouvant conserver leurs propriétés qu'autant qu'elles seront cultivées par des nègres, ils ont intérêt de se réunir aux blancs propriétaires et au gouvernement qui les protége. Les hommes de couleur savent que leur nombre ne les protége pas suffisamment contre les nègres, qui les extermineront tôt ou tard si le royaume d'Hayti n'est pas détruit. Pour rattacher les hommes de couleur au gouvernement français il ne faut que leur accorder les droits qu'ils réclament comme propriétaires ; et si les armées des provinces de l'Ouest et du Sud étaient réunies à un corps d'armée française, Christophe n'existerait pas dans six semaines ».

Voulez-vous entendre l'apologie de la conduite de Pétion, de la bouche même des ex-colons, écoutez les expressions de J. Régnier, rédacteur de la Gazette française, dit le *Courrier d'Angleterre,* du 27 Janvier 1815 :

« Conduite conforme aux intérêts de St.-Domingue, et qui justifie

O

l'opinion qu'on a de la modération du caractère de Pétion et des motifs qui l'ont engagé à affranchir une partie de cette île du joug de Christophe. Le gouvernement français a pensé avec raison, que le salut éventuel de sa colonie de St-Domingue dépendait de la conservation de Pétion, et ce chef a bien jugé sa position, quand il a envoyé une goëlette chercher le commissaire français à la Jamaïque, l'a logé dans la plus belle maison du Port-au-Prince, et a entamé avec lui une négociation, qui, d'après les vues connues du Roi de France et de son gouvernement, ne peut que se terminer à l'avantage de la Métropole et de la colonie ».

Voulez-vous savoir à quel point étaient les arrangemens de Pétion avec Louis XVIII, lors de la rentrée de Bonaparte en France, lisez *le Mémorial Bordelais, Feuille Politique, Littéraire et Maritime,* Nº 372, *du Samedi, premier Avril* 1815.

Du Commerce de France, sous les BOURBONS et sous BUONAPARTE.

« Neuf mois s'étaient à peine écoulés depuis la paix, et le commerce reprenait son essor. Si le malheur d'une longue guerre et un régime militaire, essentiellement anti-commercial, n'a pas permis un élan plus rapide, c'est que dans les villes maritimes, sur-tout, la plupart des capitaux étaient absorbés, et que le long ministère de Decrès avait plus détruit notre marine que nos ennemis même. Une partie de nos Colonies nous était déjà rendue ; une négociation était ouverte avec l'Angleterre, afin de récupérer l'Isle-de-France, qui allait être restituée pour un prix réclamé par l'humanité. Les rapports avec les parties de l'Ouest et du Sud de Saint-Domingue, promettaient la prochaine jouissance de cette contrée. On était à peu près d'accord sur les concessions que la force des choses, et encore plus celle de la justice, amène. Les vaisseaux qui devaient porter les commissaires au Port-au-Prince, s'appareillaient ; on avait nommé les pacificateurs, dont la sagesse devait régler, de concert avec Pétion, une législation coloniale, qui nous aurait bien vite gagné la partie du Nord ».

Vous l'avez entendu, mes frères ; la conduite de Pétion est conforme aux intérêts de la France ; les intérêts des hommes de couleur sont de se réunir aux blancs propriétaires et au gouvernement français pour conserver leurs propriétés, qui ne peuvent être cultivées que par des nègres ; tels sont les motifs qui ont engagé Pétion à affranchir une partie de cette ile du joug de Christophe, d'adopter une législation coloniale qui devait lui être envoyée de France, pour faciliter l'exécution de ses affreux desseins ; voilà donc les projets qui portent Pétion à démembrer l'état et à entretenir la guerre civile avec autant de fureurs ; ah, le scélérat ! malheur à lui ! malheur à tous ceux qui sépareront leur cause de la cause de leurs frères, de leurs parens les noirs, ils auront creusés eux-mêmes leur tombeau !!!

Généraux, sénateurs, signataires de la pièce que je réfute ! d'après les preuves multipliées que vous avez sous les yeux, de l'insigne trahison de Pétion, il ne vous reste plus d'autres partis à prendre que de le déclarer traître à la patrie, de le juger comme atteint et convaincu du crime de haute trahison ; d'avoir attenté à la liberté et à l'indépendance du peuple haytien ; d'avoir compromis sa sûreté ; d'avoir flétri et déshonoré la nation, en marchandant honteusement et par écrit les droits sacrés du peuple avec un vil espion français ; d'avoir constamment entretenu des intelligences avec le gouvernement français et les ex-colons, tendantes à renverser l'état et rétablir l'esclavage et les préjugés ; attentat horrible ! crime de lèse-nation et de lèse-humanité ! crimes encore sans exemple dans les annales d'aucun peuple !

Oui, mes frères ! il ne vous reste d'autres partis à prendre que de juger Pétion ; votre honneur, votre patrie, tout ce que vous vous devez à vous-mêmes, au peuple haytien et à votre postérité ; tout vous y oblige ; vous n'avez plus de raisons ni de motifs qui puissent vous en empêcher, à moins que vous n'ayez abjuré tous sentimens humains pour consentir à vous avilir, à servir d'instrumens à un monstre, à être le plus scélérat et le plus vil de la terre, qui n'a point son semblable dans la nature entière ! Mais non, vous êtes des haytiens, vous aimez la patrie ! vous êtes sensibles à l'honneur ! Un traître ne vous aura point impunément insultés, dégradés et avilis à vos propres yeux, et aux yeux de l'univers, vous saurez l'en punir, venger votre honneur, votre patrie et vos concitoyens outragés !

Compagnons des Geffrard, des Férou, des Jean-Louis François ! Haytiens ! qui avez combattus glorieusement pour la liberté et l'indépendance de votre patrie, levez-vous ! Courrez aux armes ! Arborez l'étendard de la liberté et de l'indépendance ! Quoi ? mes frères, auriez-vous donc perdu cette énergie qui vous caractérisait ? N'existerait-il plus un homme, un guerrier parmi vous, qui serait assez généreux pour sauver ses frères et son pays ? Où est-il ce libérateur, ce vengeur de la liberté et de l'indépendance ? Qu'il se montre et la patrie est sauvée ! ! !

Que pourrai-je vous dire encore, mes frères, pour exciter votre indignation et vous porter à une juste vengeance ? Pétion a tant fait pour obtenir le mépris, qu'il n'y a plus de place à la haine ; son nom ne se prononce plus qu'avec le dégoût et la répugnance qu'inspire un être aussi vil que méprisable. Je suis certain, mes frères, que vous partagez mes sentimens, lorsque vous réfléchissez sur ses crimes et ses bassesses !

J'aurai donc terminé ici mon ouvrage ; mais comme je réponds à son *écrit*, je suis dans l'obligation de terminer ma tâche ; je le ferai de la manière la plus succincte qu'il me sera possible.

Lisez le Times des 4 et 5 Janvier, présente année, vous y trouverez aussi le résumé raisonné de l'anagramme. Quelle bêtise ! nous avons lu, comme Pétion, les réflexions du Times ; mais si l'estimable rédacteur de ce journal connaissait l'affreuse immoralité et la perfidie de Pétion ; s'il eut été mieux instruit sur nos localités et sur le caractère national du peuple haytien ; s'il n'avait pas cru que l'auteur de ce petit pamphlet était un étranger, comme la suscription l'annonce, il aurait, il n'y a pas de doute, porté un tout autre jugement sur l'écrit de M. Colombus.

Cependant, malgré toute la déférence que nous puissions avoir pour l'autorité du *Times*, comme elle n'est pas infaillible, cela ne nous empêchera pas de jeter quelques réflexions sur l'écrit de M. Colombus; à présent surtout que nous connaissons de quel *acabit* est son illustre auteur.

Ces

Cet ouvrage nous avait paru d'abord pour être celui d'un colon raisonnable qui s'efforçait de donner de bons conseils et de faire entendre raison à ses compatriotes incorrigibles. Sous ce point de vue, cet ouvrage nous paraissait extraordinaire ; car des principes sages et modérés pour un colon, c'est un phénomène qui n'est point encore arrivé de nos jours ! D'un autre côté, nous ne connaissions pas d'étranger sous le nom baroque de Colombus ; nous ne pouvions non plus raisonnablement attribuer à un haytien cet écrit anti-haytien, par les principes qui y sont développés, cela était impossible, même incroyable ; nous étions donc portés à croire que c'était le produit de certain *quidam*, d'un genre mixte, ni blanc ni noir, tantôt l'un tantôt l'autre ; telle qu'une girouette tournant au gré des vents, qui, n'ayant pas voulu se nommer, avait pris le nom mystérieux de Colombus, pour se laisser deviner, sans donner la torture à l'esprit de ses lecteurs.

Malgré ce beau nom qui flatte peu à la vérité l'imagination et l'oreille des haytiens ; comme un monstre amphibie, nous lui avions pardonné l'extase, le ravissement qu'il avait éprouvés, en apprenant l'arrivée des espions français à la Jamaïque : *Cette nouvelle*, dit Colombus, *n'a produit aucune impression défavorable chez les haytiens ; leurs yeux ont été souvent tournés vers le rivage pour voir arriver les députés : des dispositions honorables ont été faites pour les recevoir, une communication électrique de sensibilité, d'égards, de prévenance et tout ce que le droit des gens a de plus sacré, s'est insinué dans tous les cœurs.*

Comme vous voyez, mes frères, M. Colombus est un bon *français,* quelle flexibilité dans le sentiment ! Quelle sensibilité d'âme ! comme il s'est peint au naturel ! Ce n'est pas tout, il nous avait paru être un assez bon diable ; il avait été assez humain, assez bon de s'alarmer pour nous, à la vue du *fouet* présenté par l'auteur des considérations offertes aux habitans d'Hayti ; à ces belles propositions, M. Colombus dit naïvement, avec ce ton de bonté qui lui est si naturel : « *D'après les sensations qu'a produit cet écrit, jusqu'à présent mon attente a été trompée, j'y ai vu un acte peu propre à ramener les esprits, surtout dans la circonstance actuelle* ». P.

Ainsi, selon Colombus, il fallait ramener les esprits peu à peu, les disposer à se soumettre à la France par douceur, sans les brutaliser, sans montrer tout à coup le fouet; ce raisonnement assez charitable, pour un colon, pouvait passer; mais comment trouvez-vous, mes frères, un pareil langage dans la bouche d'un haytien? aussi je tombe des nues! je demeure stupéfait! je suis tout ébahi! d'apprendre aujourd'hui, que ce M. Colombus c'est Pétion lui-même; oui, mes frères, plus de doute, le mystérieux Colombus c'est Pétion, il vient de se nommer ouvertement! Est-il étonnant maintenant si cet ouvrage renferme les sentimens d'un français, depuis le commencement jusqu'à la fin? il n'est pas question d'un seul mot sur l'indépendance; oui, mes frères, lisez avec réflexions l'écrit de Colombus Pétion, et vous aurez encore une nouvelle preuve que Pétion Colombus est français dans l'âme, que l'indépendance était sacrifiée, et que vous alliez être livrés à la discrétion de nos bourreaux!! Voici les propres paroles de Colombus Pétion à ses frères d'Europe, page 13 : « *Que vous servirait de détruire la population d'Hayti, puisque vous ne pouvez pas la remplacer, faites pour eux le sacrifice de votre système colonial; faites leurs des ouvertures qu'ils puissent accepter, alors vous gagnerez, outre les dépences de votre expédition, les ressources qu'offrent au commerce un pays déjà cultivé.*

Ainsi, rien de plus clair et de plus positif; Pétion Colombus a dit aux français, renoncez à votre système, ne nous détruisez pas, offrez nous des conditions que nous puissions accepter, nous redeviendrons français; la France jouira du commerce exclusif de sa colonie; n'est-ce pas cela M. Colombus? N'est-ce pas là le langage que vous avez toujours tenu dans tous vos écrits, avec Dauxion Lavaysse? N'est-ce pas là plutôt la mesure de vos opinions et de votre détermination?

Pétion est si faux, si rempli de détours, que vous le voyez tomber toujours dans ses propres filets; par exemple, n'admirez-vous pas, mes frères, quelle folie, quelle extravagance, d'avoir été prendre le nom ridicule de Colombus? pour répondre à quoi? aux outrages d'un misérable gargotier, confiné dans sa boutique à la Jamarque. Eh! comment lui a-t-il encore répondu; grand Dieu! à genoux, par des platitudes!

Lâche et timide, scélérat et faux comme un archi-protée, vous le voyez se métamorphoser sans cesse sur toutes les formes, pour masquer ses criminels desseins ; tantôt il se dit avoir la sagesse de Minerve ; selon lui, il couvre l'état de son égide ; une autre fois, il se dit le modèle de toutes les vertus, le consolateur de la patrie ; un jour il s'appelle Brutus, un autre jour c'est Washington, maintenant c'est Colombus ; ah ! le beau nom ! C'est en vain, cependant, que je parcours les fastes des républiques, je ne trouve pas le nom fameux de Colombus ! Pourquoi donc Pétion a-t-il pris de préférence ce vilain nom, sur tant d'autres qu'il avait à choisir ? Etait-ce pour en former une anagramme ? Etait-ce par sympathie, par goût, par analogie ? peu nous importe comment cela s'est fait ; Pétion Colombus nous l'apprendra s'il le juge à propos.

Comment, mes frères, pouvez-vous supporter plus long-temps cet homme ambitieux ; il est tellement aveuglé par ses passions, qu'il vous tient le langage le plus absurde ; un langage que la raison réprouve, que l'homme le plus ignorant, le plus inepte, aurait honte de tenir ; sans doute, nous sommes excusables de commettre des fautes de langue et de littérature ; mais de ne savoir discerner le bien d'avec le mal, de raisonner de tout à tort et à travers, de blesser les règles du sens commun, c'est impardonnable, l'on devient alors digne du plus profond mépris.

C'est ainsi que vous voyez cet énergumène trouvé mauvais que le Roi ait fait des démarches paternelles pour réunir les haytiens, et n'en former qu'un peuple de frères ; le Roi, dit-il, a parlé *de réunion, de promesses sacrées et solennelles, d'oubli du passé;* eh bien ! mes frères, quel langage le Roi devait il tenir au peuple, dans une circonstance où nos tyrans menaçaient d'exterminer notre race ? Il fallait donc, suivant Pétion, que le Roi aurait dit au peuple : nos ennemis extérieurs menacent nos jours, ils veulent nous subjuguer et nous réduire dans l'esclavage ; mais avant qu'ils arrivent, courrons aux armes ; commençons par nous immoler de nos propres mains, l'ennemi prendra le soin d'exterminer ceux d'entre nous qui auront survécus à la guerre civile ; ô délire des passions ! ô aveuglément ! voilà cependant, mes frères, quel est l'horrible langage que Pétion aurait vulu que le Roi eut adressé au peuple, puisqu'il trouve mauvais qu'il vous a parlé de paix, de réunion, de réconciliation, d'oubli du passé, pour joindre nos efforts communs, afin de défendre notre existence, notre liberté, notre indépendance !

Cet homme qui se récrie avec tant de fureurs sur la clémence, la bonté et la générosité des sentimens du Roi, disait cependant à Dauxion Lavaysse, parlant de Louis XVIII : *Le premier acte du Roi en entrant en France a été l'oubli du passé, de ne voir dans les français que des français, et de sacrifier au repos du monde et de son royaume les plus cruels souvenirs ! il n'a pas compté à cet égard les sacrifices ; serions-nous donc les seuls exclus d'en obtenir en notre faveur ?*

Ce fier républicain qui mandait ainsi à un vil espion l'oubli du passé, les sacrifices et les faveurs du Roi de France, pour être traité et considéré comme français ; cet homme vil trouve mauvais que le Roi d'Hayti n'ait vu dans les haytiens que des haytiens ; il s'indigne que le roi ait fait tous les sacrifices personnels pour opérer le bonheur du peuple, pour ramener ses enfans sous le toit paternel, afin de les faire jouir des honneurs, des prérogatives et des bienfaits qu'assurent les lois et les constitutions du royaume à tous les haytiens ; cet homme qui veut bien de l'oubli du passé du Roi de France, qui est vil rampant et royaliste, quand il s'agit de devenir français, de restaurer Hayti à la France et d'enchaîner ses concitoyens, devient un républicain furieux, quand le Roi d'Hayti lui parle de l'oubli du passé, de réunion, de liberté et d'indépendance.

Ne voyez vous pas, mes frères, que cet homme pervers n'est que le vil et fatal instrument des français ; toutes ses démarches, ses efforts, ses actions, ses paroles, ne tendent qu'à prolonger la guerre civile, d'éluder de tout son pouvoir la réunion des haytiens, de nous faire égorger les uns par les autres ; c'est pourquoi, il ne veut pas entendre parler de paix et de réunion ; et pour en reculer le terme, il n'est point de mensonges, de piéges et de subterfuges qu'il n'invente ; rien ne l'épouvante davantage que la sagesse, la bonté et la clémence du Roi ; vingt mille bayonnettes ne lui causeraient pas plus d'effroi ; c'est pourquoi vous le voyez, suivant ses principes machiavéliques, devenir furieux, vomir

vomir des imprécations, comme un énergumène, s'agiter, se tourmenter de toutes les manières, se débattre tel qu'un démon qui est tombé dans un bénitier ; et pourquoi tous ces efforts, ces injures, ces manéges de scélératesse ? c'est pour tâcher d'arracher du Roi une proclamation qui détruirait ses vues bienfaisantes, et que le scélérat pourrait commenter à son gré, comme il a fait de la lettre de S. E. le comte de Limonade ; c'est alors qu'il viendrait vous dire avec son air sournois et ses manières hypocrites : *Je vous l'avais bien dit, Messieurs, c'était pour nous tromper qu'il nous parlait de paix, de réunion et d'oubli du passé, c'était pour nous diviser et nous armer les uns contre les autres.*

Non, vil scélérat ! ton espoir criminel ne sera point rempli ! non Pétion, tu seras trompé dans ton attente ! nous connaissons toute ta perfidie ! tes ruses sont usées, tes détours sont à leur fin, tu peux employer tout ton art perfide pour nous faire prendre le change ; tu ne réussira jamais ; ne crois pas abuser plus long-temps de la crédulité du peuple ! tous les yeux sont ouverts sur tes crimes, les éclats de la foudre qui doivent bientôt t'écraser, ont éclairé les ténèbres qui t'enveloppaient, la terrible vérité luit ! tremble, ton heure a sonné, le jour des vengeances est arrivé.

Non, mes frères, le Roi sage et éclairé qui nous gouverne n'a pas l'intention ni le besoin de vous diviser, ni de vous armer les uns contre les autres ; ceci est le propre de Pétion, c'est à quoi tendent tous ses vœux et ses efforts ; le Roi est invariable dans ses principes, ses proclamations, ses actions, sa conduite, sont d'accords avec lui-même, tout tend vers le même but ; sa parole royale est sacrée, elle est inviolable ; le Roi ne veut et ne peut vouloir que la réunion de la grande famille haytienne, le bonheur et la gloire du peuple haytien ! pour y parvenir, il veut faire cesser nos dissentions civiles, arracher ses concitoyens de partie de l'Ouest et du Sud, qui sont sous l'obéissance d'un traître qui les a avilis et dégradés, et qui a employé tous les moyens qui sont en son pouvoir pour les réduire dans l'esclavage ; qui les a vendus et qui n'a pu les livrer, arrêté par le vœu du peuple et la force des circonstances, mais qui s'apprête néanmoins à consommer son horrible

Q

attentat, en temps et lieux ; la cause du Roi est donc celle de la raison, de la justice, de l'humanité, de la liberté et de l'indépendance ; enfin, c'est la cause du peuple ; pour faire triompher une cause aussi sacrée, aussi légitime, aussi juste, le Roi n'a besoin que de faire connaître la vérité, de montrer au peuple le tableau des crimes de Pétion, de ce monstre qui a fait tous ses efforts pour lui ravir sa liberté et son indépendance ; le Roi n'a besoin que de sa sagesse, de sa justice et de sa clémence, de tendre une main généreuse à tous ceux d'entre vous qui abandonneront les drapeaux de l'esclavage et d'un traître pour se ranger sous les bannières de la patrie, de la liberté et de l'indépendance ; ces moyens suffisent pour terminer nos guerres civiles ; vous êtes des hommes éclairés, le temps, les intérêts de la patrie, la force de la raison et de la vérité couronneront nos vœux et nos efforts, et le triomphe de la plus juste des causes !

Telles sont, mes frères, les armes terribles que Dieu, vengeur des crimes et des parjures, a mises dans les mains du Roi pour terminer nos malheurs et opérer la nouvelle régénération du peuple haytien ; armes d'autant plus redoutables qui lui ont été fournies par la scélératesse et l'infâme trahison de Pétion.

Vous sentez, mes frères, que le Roi a des devoirs sacrés à remplir ; les grands intérêts du peuple, son bonheur, sa gloire, la garantie de sa liberté et de son indépendance, lui commandent impérieusement d'employer les mesures les plus sages, les plus convenables pour chasser l'ennemi commun, sauver la patrie et ses concitoyens des horreurs de l'esclavage où Pétion voudrait les plonger.

Dans l'exécution de ses généreux desseins, le Roi fera tous ses efforts pour épargner, le plus qui lui sera possible, l'effusion du sang haytien et les calamités inséparables des guerres civiles ; c'est à vous, mes frères, de le seconder dans ses nobles projets ; la cause du crime, de l'injustice, de la trahison, de l'esclavage, ne peut lutter long-temps contre la vertu, le bon droit, la liberté et l'indépendance.

Hâtez-vous donc, mes frères, de séparer votre cause de celle de Pétion ; vous avez mille et mille preuves sous les yeux, que c'est un traître, un ennemi de la patrie, de la liberté et de l'indépendance ; c'est un vil scélérat qui veut rétablir l'esclavage et les préjugés, uniquement pour satisfaire son ambition démesurée, par son attachement à la France et aux colons, par la haine profonde et cachée qu'il porte à nos frères les noirs ; hâtez-vous donc de vous éloigner de ce monstre ; c'est contre lui que nous allons diriger tous nos efforts ; malheur à lui, malheur aux partisans de l'esclavage ! Tel qu'un loup ravissant, affamé de cadavres, de sang et de carnage ; Pétion nous compare à des dogues et se plaint amèrement de ce que nous veillons à la garde du troupeau ; mais tout à coup par un esprit de démence et de déraison, ce fourbe a l'audace d'avancer que nous démentons nos écrits dans le fond de nos cœurs. Etant identifié des mêmes sentimens que M. le comte de Limonade, je vais répondre collectivement à cet insigne calomnie de Pétion.

La meilleure preuve que nous puissions lui donner que nos cœurs, nos pensées, nos principes, et nos actions sont d'accords avec nos écrits et avec nous mêmes, c'est la réponse que nous lui faisons ; qu'il les médite, il verra la vérité de ce que nous venons de lui affirmer.

Un homme vil, accoutumé à faire toujours le contraire de ce qu'il pense, est souvent disposé à juger les autres d'après lui-même, aussi c'est l'odieux caractère de Pétion qui lui a inspiré cette calomnie ; mais ne sait-il pas que si l'on peut commander et diriger nos corps matériels, que les facultés de l'âme, le génie, la pensée, sont indépendans de tout pouvoir humain ; nos écrits sont les résultats des méditations de notre esprit et de nos facultés intellectuelles.

Qui a pu donc donner lieu à Pétion de lancer sur nous son venin ? Avons nous jamais dévié de nos principes actuels ? Nous sommes nous jamais écarté de la route honorable que nous suivons maintenant ? mais puisqu'il nous force de parler de nous-mêmes, lorsque nous ne sommes animés que de servir notre patrie et nos concitoyens, nous lui dirons donc scruter notre vie entière, vous verrez que nous ne nous sommes jamais souillés d'aucune trahison ni d'aucun crime ; nos cœurs sont purs, nous avons constamment servis notre patrie, sous les bannières de l'autorité légitime ; nous avons servis et combattus sous le gouverneur Toussaint, sous S. M. l'Empereur, sous le Roi, comme, si nous existons, nous espérons servir sa dynastie, toujours avec le même zèle et une fidélité invariable; avec l'aide de dieu, nous espérons de terminer notre carrière, ainsi que nous avons toujours vécus avec honneur, avec l'estime de notre Souverain et de nos concitoyens!

Pétion qui nous calomnie n'en peut dire autant; lui qui a trahi tour à tour tous les chefs et tous les partis sous lesquels il a servi; Beauvais, Montbrun, Chanlatte, Martial Besse, Laplume, Rigaud, Toussaint Louverture, l'Empereur, le Roi; tous ces chefs ont éprouvé les effets de son âme scélérate et traîtresse, amis ou ennemis, il a fait l'essai de ses poignards sur chacun d'eux; aristocrate sous le colonel Mauduit, démocrate sous les commissaires civils, jacobin sous Hédouville, Leclerc et Rochambeau, haytien malgré lui sous l'empereur Dessalines, républicain dans sa révolte contre le Roi, et en même temps Buonapartiste; royaliste esclave sous Louis XVIII, il est prêt à redevenir haytien malgré lui, ou plutôt Buonapartiste, c'est suivant ce que son ambition démesurée et les circonstances exigeraient de lui; telle est la vie entière de ce monstre d'hypocrisie et de dissimulation; et c'est lui qui ose nous soupçonner!

Nous nous estimons heureux que Pétion nous ait mis à même de faire notre profession de foi, et de faire connaître à nos concitoyens nos opinions, nos sentimens, et les motifs qui dirigent notre conduite et nos écrits; nous servons le Roi avec zèle, fidélité et intégrité, non-seulement c'est le premier devoir de tous bons citoyens, mais encore parce que nous sommes convaincus que sa cause est celle de la justice, de la raison, de la liberté et de l'indépendance; enfin c'est la cause du peuple.

Parce que nous sommes les témoins de toutes ses actions; par nos fonctions, nous pouvons mieux que personnes connaître ses intentions pures et paternelles; nous connaissons ses vues sages, ses grandes pensées, pour opérer le bonheur, la gloire et la prospérité du peuple; nous savons apprécier sa sagesse, son énergie contre les ennemis de notre patrie, ayant sans cesse sous les yeux ses grands efforts, sa constante sollicitude et les services signalés qu'il n'a cessé de rendre au peuple haytien.

Parce

Parce que nous sommes convaincus que jamais peuple n'aurait été plus heureux que le peuple haytien , sous son administration sage et paternelle , sans le fléau de la guerre civile qui afflige notre malheureuse patrie ; fléau dont Pétion est l'unique auteur , et qu'il entretient pour le malheur de notre infortuné pays.

Parce que nous sommes convaincus que les événemens malheureux et les calamités résultans de cette guerre civile ne peuvent être imputés au Roi , étant le propre ouvrage de Pétion , qui a commencé par massacrer son chef et son bienfaiteur ; qui a voulu en faire autant du Roi ; qui a poursuivi et entretenu jusqu'à ce jour cette guerre civile avec fureur ; qui a fait couler des flots de sang haytien , uniquement pour satisfaire son ambition démesurée , servir la cause des français , pour devenir ensuite leur *proconsul* et plonger les haytiens graduellement dans l'esclavage ; nous en avons des milliers de preuves.

Parce que nous sommes convaincus que du moment que Pétion aura disparu de cette terre qu'il a souillée depuis trop long-temps de son souffle empoisonné ; le gouvernement n'ayant plus besoin d'exercer cette surveillance que nécessite les complots , les trahisons et les intrigues fomentés et entretenus par Pétion , tant dans l'intérieur que dans l'extérieur avec les français ; qu'alors Sa Majesté , suivant l'impulsion de son cœur généreux , s'empressera d'adopter un système libéral qui répandra sa douce influence sur tous les haytiens , n'importe de quel épiderme que la divinité aurait couvert leurs fronts ; que sous un monarque aussi sage et aussi éclairé , chacun jouira et aura la garantie de ses droits , de sa liberté , de sa sûreté , de sa sécurité , sous l'égide et la protection bienfaisante des lois et constitutions du royaume !

Le salut de notre patrie , le bonheur général de nos concitoyens , le triomphe de la plus juste de toutes les causes ; tels sont , mes frères , les motifs louables et généreux qui nous portent à vous écrire ; puissions-nous faire éclater à vos yeux la lumière de la vérité , vous ramener à des sentimens justes et équitables , à la paix , à l'union et au bonheur ? Voilà les seules pensées qui nous occupent , le seul et unique but de nos écrits , de notre ambition et de nos désirs les plus ardens ! R.

Bien loin, mes frères, de craindre les atteintes du Roi, comme Pétion a l'audace de le dire, nous avons la conviction la plus intime que le Roi a pour nous des sentimens de père; il nous a toujours considérés comme ses enfans; il est notre protecteur et notre unique appui; avec lui, nous braverons tous nos ennemis du dedans et du dehors; heureux ou malheureux, dans la fortune comme dans l'infortune, nous sommes décidés de faire le sacrifice de notre vie, de toutes nos facultés, pour son service, pour sa personne et pour son auguste famille! Tels sont les sentimens qui sont gravés dans le fond de nos cœurs, et que nous sommes prêts à sceller de tout notre sang!

Pétion s'indigne que le Roi ait tenté une négociation pour faire cesser nos dissentions civiles; il trouve mauvais que la députation chargée de vous apporter des paroles de paix était composée de deux hommes de couleur et deux noirs; *à leur apparition*, dit-il, *toutes les plaies se sont rouvertes;* tous les hommes de bien savent apprécier la démarche paternelle du Roi et lui rendent justice; il n'a pas besoin d'apologie; mais cette assertion de Pétion, n'est-ce point, mes frères, une imposture de sa part, une de ses fourberies accoutumées? Quoi? lorsque nous sommes parfaitement instruits que le peuple du Port-au-Prince, les étrangers mêmes se sont portés en foule au devant de nos députés pour les accueillir, lorsqu'ils entendaient répéter, de bouche en bouche, ces cris qui partaient des cœurs vraiment haytiens; *la paix, la paix,* nous avons la paix; Pétion voudrait il nous faire accroire que le peuple en voyant nos députés, *s'est borné à montrer sa surprise et son indignation?* mais qu'il s'abuse! *la voix du peuple, qui est la voix de dieu,* a manifesté à Pétion qu'il désirait la paix, l'union, l'oubli du passé, qu'il était temps, et plus que temps, que les haytiens s'embrassassent comme des frères; *le salut du peuple qui est la suprême loi* veut la réunion des haytiens pour résister à l'ennemi commun, afin de conserver sa liberté et son indépendance, de repousser le joug ignominieux des français et de l'esclavage que Pétion voudrait lui imposer; voilà traitre! vil scélérat! le vœu du peuple et sa suprême loi! nos députés ont tout vu, tout observé, tout entendu, ils en ont rendu un compte fidèle au Roi; nous savons, et nous avons la certitude qu'il y a au Port-au-Prince des amis de la chose publique, des amis du Roi de la liberté et de l'indépendance, de bons et vertueux citoyens ; nous regrettons vivement de ne pouvoir encore les nommer ; nous sommes parfaitement instruits que Pétion est le seul qui ait vu nos députés avec horreur, et qu'il a fait tous ses efforts pour les faire assassiner ; il a été arrêté dans ses affreux desseins que dans la crainte du peuple et des chefs qui se seraient soulevés à la vue de cet horrible attentat, qui aurait fait éclater la bombe sur sa tête coupable ; ne pouvant consommer ce crime odieux, il a suscité et poussé par-dessous main, les soi-disant créanciers de M. le Baron de Ferrier, pour avoir le prétexte de l'insulter ; et en outre, comme il le considère comme un faux frère, pour n'avoir jamais voulu participer à ses crimes ; n'ayant pu le faire massacrer, il lui a suscité une affaire particulière, il est bien facile de concilier la conduite machiavélique de Pétion avec ses procédés ; de quoi donc s'agissait-il, mes frères, dans la mission de cette députation ? des affaires personnelles de M. le baron de Ferrier ou des grands intérêts du peuple haytien ; pourquoi donc Pétion vient-il implanter une affaire purement individuelle au milieu des grands intérêts du peuple ? Pourquoi nous entretenir des choses passées et étrangères à la question ? c'est encore une de ses vieilles rubriques, pour l'éluder et la rendre oiseuse, c'est pour faire perdre le fil de ses trames criminelles ; c'est pour faire perdre de vue les grands intérêts du peuple, en nous plongeant dans des discutions inutiles, c'est pour détourner l'imagination sur son horrible complot avec le gouvernement français et les ex-colons, assujettir Hayti à la France et plonger le peuple dans l'esclavage ! voilà la grande question dont il s'agit, et que Pétion cherche à embrouiller et à éluder de tous ses efforts ; mais il aura beau faire, beau inventer de nouveaux tours, pour me faire prendre le change, tel qu'un limier qui suit à la piste un loup carnassier, il ne réussira jamais à m'égarer de la trace que je dois suivre ; non Pétion, tu as beau faire, tu ne réussira jamais à me plonger dans le passé et dans les choses qui n'ont aucun rapport aux intérêts du peuple.

Ne vous étonnez pas, mes frères, si je suis tellement prémuni contre les menées et les subterfuges de cet homme pervers ; si je suis en garde contre ses embûches, ses piéges et ses détours ; les malheurs qui ont

affligé ma patrie , ont toujours vivement affecté mon cœur ; j'ai approfondi dans le calme des passions , les événemens et les causes qui ont
attiré sur nos têtes le fléau de la guerre civile ; j'ai approfondi la conduite,
les écrits et les crimes de Pétion ; j'ai fait une étude particulière de son
affreux caractère ; je me suis convaincu que c'était un monstre d'ambition ; que la trahison , la perfidie , l'hypocrisie la plus rafinée avaient
été , pendant sa vie entière , le mobile de toutes ses actions , et qu'il n'y
avait pas de considérations humaines capables de l'arrêter dans l'exécution de ses projets ambitieux.

    C'est ainsi que vous le voyez violer impunément toutes les lois de la
morale , de la raison et de l'humanité , fouler à ses pieds avec impudence
les droits sacrés du peuple haytien ; cet homme qui a l'audace de trouver
la lettre paternelle de Son Excellence le comte de Limonade insultante
et fallacieuse, et qui lui a répondu par des outrages ; cet homme a reçu
les lettres infamantes d'un vil espion français où il faisait les plus sanglans outrages au peuple haytien, en lui donnant les odieuses épithètes de
sauvages malfaisans et de *nègres marrons* ; que dis-je ? il a fait plus,
il a répondu à ces insultes par des platitudes et des adulations les plus
viles ; cet homme qui vous dit que nos députés, vos frères, des haytiens,
qui vous apportaient des paroles de paix , ont souillé de leur présence le
territoire de la liberté ; cet homme , ou plutôt ce monstre , a accueilli à
bras ouverts un vil espion français, un ennemi mortel du peuple haytien,
l'a traité comme un ami, l'a admis dans son intimité à marchander
avec lui, dans leurs conciliabules secrets et dans leurs écrits , la liberté
et l'indépendance du peuple haytien.

    La lettre de S. E. le comte de Limonade est insultante et fallacieuse ;
et en quoi je vous prie ? Lisez , mes frères, les propositions quelle
contienne ; comparez-les , s'il est permis de faire une telle comparaison ,
avec les propositions infamantes de l'espion à Pétion ; réfléchissez sur
ses procédés et sa conduite envers l'espion et envers nos députés , vous
aurez une juste idée de la scélératesse monstrueuse et de l'infâme
trahison de Pétion envers le peuple.

    Cette lettre est insultante, suivant cet énergumène, parce qu'elle lui
parle

parle d'oubli du passé, de réunion franche et sincère, de la conservation de vos grades et emplois, de votre admission dans l'ordre de la noblesse héréditaire du royaume, de la conservation des propriétés à tous les haytiens généralement propriétaires; elle est fallacieuse, parce qu'elle lui parle que nous sommes instruits de la mission de Tapiau que les blancs français déclarent dans tous leurs écrits; Dauxion Lavaysse l'a donné à entrevoir, et Médina l'a confirmé dans ses interrogatoires, que Pétion préférait remettre aux français la partie qui se trouve sous son commandement, plutôt que de se réunir sous l'étendard du Roi pour la défense commune de la patrie. Hé bien! mes frères, n'est-ce pas la pure vérité; l'événement, la conduite de Pétion, ses écrits, les écrits des français ses complices; tout ne justifie-t-il pas la substance de la lettre du comte de Limonade? vous en avez des milliers de preuves sous les yeux! Quel est l'homme aujourd'hui qui serait assez de mauvaise foi pour oser douter d'un seul instant que Pétion ne soit pas le partisan déclaré des français? Pétion lui-même, malgré son effronterie et son impudence à dissimuler le crime, ne pourrait en disconvenir; suivant ce vil imposteur, cette fatale lettre *a rouvert toutes les blessures de la patrie prêtes à guérir, au moment où nous écrivons, dit-il, peut être les destinées d'Hayti sont elles fixées!* Misérable! puisque la lettre du comte de Limonade qui n'avait d'autre objet qu'à fermer et cicatriser les plaies de la patrie les a renouvellées, instruisez-nous donc qui devait les guérir et fixer les destinées d'Hayti? Vil scélérat! tu comptais déjà dans ton perfide cœur le jour et l'heure que devaient arriver l'armée française et les ex-colons pour faire la guerre au Roi d'Hayti, pour désoler et ravager ta patrie, pour plonger tes concitoyens, tes frères, dans les horreurs de l'esclavage, pour les livrer de nouveau à la discrétion de leurs bourreaux, aux bûchers, aux gibets, aux chiens dévorans, les précipiter dans les abîmes de la mer, les envoyer à l'île de Ratau? etc. Attentes vaines! espérances déçues! Monstre dénaturé! tu attendras long-temps encore!

Une lettre de Londres, que nous recevons dans l'instant que je rédige ce travail, nous confirme que Pétion avait été nommé gouverneur

général de toute la colonie, qu'il devait être revêtu du cordon rouge et
commander les forces françaises; cette lettre nous instruit aussi de l'arrivée
à Londres d'une foule d'ex-colons et de plusieurs membres de la législation
coloniale de St-Domingue ; plusieurs d'entre ces colons avaient déjà
dans leurs poches des brevets d'administrateurs de biens vacans et
de commissaires des guerres , pour Jacmel, les Cayes, Jérémie, etc.
ils étaient furieux contre Buonaparte, dont la rentrée en France avait
dérangé le départ de l'expédition qui apportait les troupes et les trois
commissaires qui devaient décorer Pétion du cordon rouge et lui
remettre le brevet de gouverneur général de toute la colonie, au nom
de S. M. Louis XVIII ; cette lettre nous dit encore que les ex-colons
étaient en pleine déroute, qu'ils étaient furieux d'avoir perdu l'occasion
de rentrer en possession de leurs habitations et de leurs sujets des
parties de l'Ouest et du Sud. Par contre-coup, la déconfiture de ces
misérables ex-colons arrive aussi à Pétion, leur protégé, le coryphée
de la clique coloniale, ses projets se sont évanouis, ses plus chères espérances trompées ! Il perd sa place de gouverneur général de toute la
colonie, son cordon rouge, sa qualité de sujet et de citoyen français !
Comme il est malheureux ! comme il est à plaindre ! ah ! le scélérat !

Certes, on aura lieu de s'étonner qu'un homme qui avait accepté le
cordon rouge et la place de gouverneur de la colonie, un homme qui
devait marcher à la tête des troupes françaises contre le roi Henry, pour
réduire la population d'Hayti sous le joug des français et de l'esclavage ;
que cet homme ait eu encore l'impudeur de parler de *son inébranlable résolution* ! cet homme qui s'est avili à marchander, dans ses
écrits, les droits du peuple avec un vil espion, ait osé nous dire que
*c'est au tribunal des nations que notre cause et le mérite de nos
écrits sont portés;* oui traître ! scélérat éhonté ! c'est au tribunal du
peuple haytien premièrement, et après au tribunal des nations étrangères, que sont portés notre cause, nos écrits et notre inébranlable
résolution ! Quoi ? lorsque l'univers entier a sous les yeux tes viles
adulations envers un espion, tes crimes et tes outrages envers le peuple
haytien que tu as indignement trahi et avili ; impudent ! tu as l'audace
de porter le mérite de ta cause, de tes écrits et de ton inébranlable

résolution au tribunal des nations ? Quel délire ! quel excès d'effronterie !
Pétion aura beau invoquer le suffrage des nations , qu'il n'en sera pas
moins un objet d'horreur et de mépris aux regards de tous les hommes
de bien ; il n'aura pour faire l'apologie de ses crimes et de sa perfidie
que des êtres tarés comme lui , qui ont renoncé à tout sentiment
d'honneur , de moralité et d'humanité , tels que les ex-colons ; mais les
français mêmes qui n'ont pas abjuré ces sentimens , auront pour lui
tout le mépris qu'il a si bien mérité par sa trahison.

Dans le délire de ses passions , ne dirait-on pas qu'il fait lui-même la
satyre de ses actions et de ses propres écrits ? Ecoutez son langage :
Ce n'est pas, dit - il, *souvent celui qui parle le plus qui a le
plus raison, les spartiates parlaient peu mais ils parlaient juste,
et ils agissaient de même, nous avons pu comme eux dire beaucoup de choses en peu de mots.* Misérable ! les spartiates gardaient
un silence généreux , se contentaient de vaincre, et dédaignaient d'instruire la postérité de leurs étonnans exploits ; leurs principes politiques
et religieux étaient l'héroïsme , la gloire et la vertu ; à Sparte on n'eût
pas accueilli un vil espion, on l'eût précipité de la tour des criminels !
A Sparte, on n'eût pas fléchi le genoux devant lui ! A Sparte, on n'eût
pas marchandé la liberté et l'indépendance du peuple avec un vil espion !
Lisez la correspondance de Pétion avec Dauxion Lavaysse, et vous
aurez la justesse de cette figure de rhétorique ; vous y verrez dans un
déluge de mots que des inepties , des adulations et des bassesses ; quand
on veut se mêler de faire des citations , on doit citer juste , Léonidas aux
Thermopyles , a-t-il payé tribut à un vil espion ?

D'après les preuves innombrables que nous avons sous les yeux , des
liaisons criminelles de Pétion avec les français et les ex-colons , qui
aurait jamais cru qu'il aurait eu l'effronterie de nous dire que c'*est au
moment où la voix publique s'expliquera que vous serez confondus
sur notre prétendu traité avec Bonaparte par Liot ; sur la mission
du citoyen Tapiau , sur l'intention des voyages des citoyens
Garbage et Méroné , etc.* il aurait dû ajouter aux noms de ces
hommes vils qu'il vient de citer , ceux de Dauxion Lavaysse et Catineau
Laroche leurs complices , et les noms de quelques autres scélérats de cette

trempe qui nous sont encore inconnus. Avant de m'étendre, mes frères, sur cette phrase impudente, il faut que je relève en passant une fourberie que Pétion y a glissée, dans l'intention de nous prendre en contradiction avec nous-mêmes ; nous n'avons pas parlé du traité de Liot avec Bonaparte, mais bien du traité de Tapiau, et nous avons dit que Liot avait été pour s'aboucher avec Pétion, sous le ministère de Decrès, nous en avons trouvé la preuve dans des lettres particulières et dans le *Journal des Débats politiques et littéraires, du Jeudi 18 Août 1814*, où l'on remarque dans la lettre de Liot, au rédacteur de ce journal, le passage suivant : *Je reviens de cette colonie j'y ai été bien reçu du général Pétion, et j'y serois resté si j'en avais eu l'intention ;* et cet autre passage où il dit : *Au reste placé sous les ordres de S. E. le ministre de la marine et des colonies, c'est à lui seul que je dois rendre compte de mes démarches.* Faut-il donc être bien habile dans l'art et dans le style diplomatiques, pour se convaincre que Liot était un espion du ministre de la marine et des colonies Decrès auprès de Pétion ? Qui peut douter de l'existence du traité de ce Tapiau avec Bonaparte, à la fin de 1813 ? Quoi ! c'est lorsque les crimes innombrables de Pétion et sa trahison infâme se déroulent aux yeux du public ; c'est lorsque l'on voit dans tous les papiers publics, les preuves de ses liaisons criminelles avec les ennemis d'Hayti ; c'est lorsque l'on peut s'en convaincre par ses propres écrits, qu'il a le front assez épais pour oser nous dire que c'est au moment où la voix publique s'expliquera que nous serons confondus ! Quelle impudence ! Eh ! comment donc la voix publique peut-elle s'expliquer davantage ? Que faut il donc encore pour confondre le plus traître, le plus scélérat et le plus hypocrite des hommes ? Quelles preuves plus irréfragables, quels renseignemens plus positifs encore peut-on exhiber, que les pièces que nous avons produites, pour se convaincre de la criminalité de Pétion ? Lisez les instructions de Malouet à ses trois espions ; lisez le procès verbal d'interrogatoires de Médina ; l'un d'eux ; lisez la correspondance de Pétion avec Dauxion Lavaysse ; lisez les lettres et les pièces de l'ex-colon Catineau Laroche, agent de Pétion à Paris ; lisez les innombrables brochures et pamphlets des ex-colons,

ils

ils peignent Pétion des couleurs les plus favorables, comme le sauveur de la colonie, et l'ange exterminateur qui doit nous réduire dans l'esclavage et les préjugés de 1789 ; lisez tous les journaux français, vous verrez dans tous ces écrits que Pétion est le vil et fatal instrument des ennemis d'Hayti ; que tout leur espoir est fondée sur lui seul pour livrer Hayti à la France, pour ramener sur vous ces temps désastreux, ces temps d'horreur qui semblent être effacés de votre mémoire, ces temps horribles où nous avons vu livrer dans tous les genres de tortures et dans les supplices les plus inouis nos malheureux compatriotes, les vieillards, les femmes, et les enfans encore à la mamelle ! A peine douze années se sont écoulées, que ces horribles calamités ne sont plus présentes à vos yeux ; vous ne craignez plus le retour de ces jours de deuil et de douleur ; vous vous faites illusion à vous-mêmes ; vous vous efforcez d'oublier les cruautés que vous avez éprouvées et les injustices de nos tyrans ; vous détournez les yeux sur les cendres et les ossemens épars de vos braves compagnons d'armes qui ont versé leur sang pour fonder l'indépendance de leur patrie ; vous étouffez dans vos cœurs et dans vos consciences ces cruels souvenirs et les cris de vos infortunés parens qui vous demandent vengeance, et dont le sort déplorable vous avertit sans cesse de vous défier de la griffe de ces vautours, de ces hommes pervers qui avaient abusé de leur crédulité et de leur bonne foi pour les plonger dans la nuit du tombeau !!

Vous oubliez tous les maux que vous avez éprouvés ! Que dis-je ? ô aveuglément inconcevable ! Vous oubliez jusqu'au soin de votre propre conservation ; vous parjurez vos sermens, l'acte de l'indépendance, cet acte immortel, le seul garant de notre existence politique et individuelle, est foulé aux pieds, à vos propres yeux, par un traître et par un vil espion ? Eh ! dans quelle circonstance, grand dieu ! arrive cette infamie, c'est dans l'instant même que les épithètes de *sauvages malfaisans* et de *nègres marrons* vous étaient prodiguées ; c'est dans l'instant qu'un monstre antropophage vous disait à vous même *que les hommes violens et incorrigibles*, ceux qui ne voudraient pas se courber sous le joug de l'esclavage, seraient plongés dans les abîmes de la mer ou seraient

T

traqués comme des bêtes féroces ; c'est dans l'instant que les odieux colons imprimaient que notre race serait exterminée jusqu'à l'âge de six ans, que vous en aviez les preuves sous les yeux, par les instructions infamantes de l'espion qui étaient dans vos mains, que se commettaient la trahison la plus odieuse, l'acte le plus honteux, qui n'ayent encore parus dans les annales des nations !

Permettez moi, haytiens, mes frères, de vous faire ces reproches sanglans ; je sais qu'ils affligent vos âmes probes et patriotes ; mais ce n'est pas vous individuellement qui avez commis ces infamies, c'est l'œuvre et le propre ouvrage d'un monstre qui demeure chargé de ces crimes épouvantables ; vous auriez dû seulement, mes frères, vous opposer à ces horribles attentats, aujourd'hui vous êtes dans l'obligation de les punir ; bânissez le traître, vous serez indulgens ! faites tomber sa tête coupable sous le glaive des lois, vous serez justes envers votre patrie, vos concitoyens et vous-mêmes !!!

Enfin, Pétion ne peut nier qu'il avait envoyé en France et en Angleterre, Tapiau, Garbage et Méroné, puisqu'il en convient lui-même, et nous parle de l'intention de leurs voyages, et des précieux renseignemens qui ne tarderont pas à arriver, et qui, selon ce nouveau Balaam, *doit décider de la paix ou de la guerre.* Il n'y a pas de doute que Pétion ait reçu Liot et Dauxion Lavaysse au Port-au-Prince ; la correspondance de Catineau Laroche, ex-colon, nous prouve que c'est par le moyen de ces perfides agens que Pétion concertait ses mesures avec le gouvernement français et les ex-colons, pour ce qu'ils appellent astucieusement *restaurer* Hayti à la France ; *ce sont les agens que vous avez reçus,* dit Catineau Laroche, *qui ont donné l'idée de s'emparer des petites îles et d'établir le blocus.*

Pétion nous dira aussi le sujet des voyages des Tapiau, de Garbage et des Méroné ; nous le sommons de nous donner ces *précieux renseignemens qui doivent décider de la paix ou de la guerre ;* il nous dira pourquoi ces espèces d'amphibies traversent ainsi les mers ; ces protées qui n'ont ni patrie, ni feu, ni lieux, qui sont toujours errans et vagabonds, promenant de contrée en contrée leur maudite existence et leur souffle empoisonné ; et qui, semblables aux loutres, qui profitent du calme et sortent de leurs trous pour chercher à terre leur pâture à l'approche des tempêtes, se replongent dans la mer ; Pétion, croit-il donc pouvoir nous abuser ? l'insensé ! il ne s'aperçoit donc pas que ses crimes ont comblé la mesure ? il ne peut même plus se défendre ; le monstre balbutie, et tombe d'absurdité en absurdité ! il ose nous dire encore que c'est dans l'instant qu'il aura reçu ces précieux renseignemens, *que l'espion Médina* cessera de rendre ses oracles ! eh bien ! fourbe, hypocrite, les dépositions de l'espion Médina, dans son interrogatoire, ne se sont elles pas réalisées ? Ne sont-elles pas en harmonie avec les écrits et les événemens qui ont eu lieu depuis son arrestation ? Si la bouche de cet espion a prononcé des oracles, comme ledit l'âne de Balaam, ses prophéties au moins ne sont pas mensongères ; elles sont conformes à la vérité.

Voici la principale déposition de l'espion Médina, qui confirme la trahison de Pétion.

Interrogé : S'il connaissait la nature du traité de Pétion avec Dauxion Lavaysse.

A Répondu : Le but de ce traité est de préparer un pied à terre à l'armée française, dans le cas que le roi Christophe refuserait de se soumettre à la France, alors Pétion réunirait ses troupes à l'armée française pour former nos avant-gardes, lever les embuscades et éclairer la marche des troupes françaises. M. Dauxion-Lavaysse est en outre chargé de faire tous ses efforts pour faire proclamer sa majesté Louis XVIII au Port-au-Prince.

Interrogé : S'il croyait qu'il fût possible au général Pétion de réunir ses troupes à l'armée française pour combattre le roi Henry ?

A Répondu : Moi, je ne sais pas ; mais le ministre Malouet l'assure, il a dit à nous tous qui étaient présens, que jamais le général Pétion ne consentira à se laisser commander *par un nègre*, et que la guerre civile continuerait toujours, et que Pétion était dévoué à la France.

Interrogé : Le conseil vous demande comment croyez-vous que le général Pétion puisse réussir à gagner ses troupes pour combattre en faveur des blancs ?

A Répondu : Le ministre a dit que c'est au général Pétion de préparer les choses ; d'ailleurs vous verrez dans mes instructions la vérité de ce que je vous dis.

Interrogé : Quelle est la signification de cette expression de l'île de Rateau portée dans vos instructions ?

A Répondu : C'est une invention du ministre Malouet, pour ne pas blesser l'esprit philantropique de Sa Majesté ; c'est un moyen de se défaire des hommes dangereux de la colonie.

Interrogé : On a donc l'intention de renouveller à Hayti les noyades et les horreurs qu'ont déjà commises les français.

A Répondu : Je crois que l'intention du cabinet français est de se défaire de tous les hommes que l'on croira nuisibles, parce que sans cela on ne pourra jamais réussir à rétablir l'ordre.

Interrogé : Quel ordre entendez-vous ? Ne sommes-nous pas dans l'ordre ?

A Répondu : Le ministre dit qu'il faut que les nègres rentrent sur les habitations de leur maître, et que les colons soient en possession de leurs habitations, comme à la Martinique et à la Guadeloupe.

Interrogé : Vous avez dit publiquement lors de votre arrestation, que si la population ne voulait pas se soumettre à la France, qu'elle serait entièrement exterminée jusqu'aux enfans ?

A Répondu : Je le crois, et le ministre Malouet nous l'a dit dans les conférences que nous eûmes chez lui avant notre départ.

Pétion veut que nous ayons entassées toutes les preuves de sa trahison pour le *subvertir.* Hommes justes ! si Pétion n'eût pas été un traître, où aurions nous pu recueillir tant de faits accumulés sur sa tête coupable ? Les eût ils encore justifiés par sa conduite criminelle ? Comment aurions-nous pu exposer aux yeux de nos lecteurs les écrits de ses complices et les écrits signés de sa propre main, qui donnent la preuve *légale*, la preuve évidente de sa trahison ? Cet homme, qui craint d'être subverti, a fait tous ses efforts pour pervertir l'esprit public, démoraliser la nation, afin d'opérer la subversion générale du peuple haytien ; les émissaires français qu'il reçoit continuellement au Port-au-Prince, les haytiens de couleur la plus rapprochée du blanc qui vont et viennent de France à Hayti ; tous ces écrits rédigés dans cette criminelle intention, particulièrement ses lettres à Dauxion Lavaysse et son ouvrage intitulé
Colombus

Colombus; une note infamante accolée à l'acte de l'indépendance, des passages anti-haytien insérés dans le journal le Télégraphe, imprimé au Port-au-Prince ; réfléchissez, mes frères, sur tous ces faits, vous verrez que Pétion a fait tous ses efforts pour corrompre l'esprit national, pour effacer les justes préventions et éteindre cette défiance salutaire que nous devons toujours avoir contre la nation française et les ex colons, nos implacables ennemis.

Ce n'est pas, mes frères, que je vous dise que nous ne devons jamais faire aucun traité avec le gouvernement français ; toute idée d'injustice est loin de ma pensée ; mais il faudrait pour que cela arrivât, que ce gouvernement nous considérât comme un peuple libre et indépendant ; il faudrait que ses démarches fussent franches et loyales, qu'elles ne fussent pas semblables à celles entreprises par les trois espions, sous le ministère de l'affreux Malouet ; et lorsque même cette hypothèse arriverait, il n'en faudrait pas moins nous créer un esprit national, l'entretenir dans un fond de haine et d'antipathie, le nourrir par nos lois, l'exciter toujours par une juste défiance ; c'est le plus sûr garant et le rempart le plus formidable de l'indépendance des peuples !

Eh quoi ! tous les gouvernemens européens, tous les peuples rivaux s'étudient à se former un esprit national appelé, à bien juste titre, le levier de la puissance ; leurs écrits, leurs lois, tendent à le fortifier et à le nourrir ; jaloux à l'excès de maintenir leurs droits, leur sûreté et leur indépendance, ils entretiennent, avec un soin particulier, de gouvernement à gouvernement, de peuple à peuple, d'individu à individu, cet esprit public, cette haine nationale et cette juste défiance, fondés sur leurs intérêts mutuels et la conservation de leur indépendance ! Et nous peuple nouveau ; nous qui n'avons pas encore assis les bases de notre indépendance ; nous qui avons été tant de fois victimes et trompés par nos ennemis ; nous qui avons passés par les plus cruelles épreuves ; nous qui avons brisés nos fers, et qu'une caste ennemie du genre humain poursuit sans relâche ; nous enfin qui ne pouvons exister et maintenir notre indépendance que par cet esprit national, cette énergie, cette force morale, qui nous donnent la volonté et le pouvoir de vivre libres et indépendans,

V

ou mourir ! nous irions follement pervertir l'esprit national ; nous irions inconsidérément relâcher le ressort qui fait mouvoir ce levier de la puissance ; nous irions bannir cette juste défiance, cette antipathie, cette haine salutaire qui n'a déjà que trop de tendance à s'éteindre par la seule nature de l'homme ? Ah ! nous aurions bientôt payé chèrement cette extravagance ; nos tyrans allumeraient parmi nous les brandons de la discorde, par leur or et leurs intrigues, par la corruption de nos mœurs, et enfin par la perte de notre liberté et de notre indépendance.

Voilà cependant, mes frères, à quoi tendent tous les efforts de Pétion, à corrompre l'esprit national pour vous livrer plus sûrement à nos oppresseurs ! et il a encore l'effronterie de vouloir faire l'apologie de son soi-disant gouvernement !

Ah ! imitons plutôt la politique de ces peuples d'Europe ; que dis-je ? imitons plutôt encore la sollicitude et la sage prévoyance de ces nations d'Asie qui, en échangeant leurs productions avec les européens, ont su par de lois sages affermir leur tranquillité, et se sont préservés du joug de l'étranger !

De quoi Pétion veut-il nous parler d'*opinion raisonnée, d'institutions d'états, de droit public ?* son odieux caractère et son infâme trahison n'ont-ils pas flétri et déshonoré son soi-disant gouvernement ? et si comme il a le front et l'audace de nous le dire : *Que la vertu et la justice les rendent honorables, qu'elles deviennent méprisables quant elles sont basées sur le crime et le vice.* Eh ! quel gouvernement fut jamais plus digne de mépris que sa soi-disant république ? elle est basée sur la trahison, l'ambition et l'injustice ! Je vous demande, mes frères, à vous qui n'avez point abjuré la raison, la justice et l'équité ; à vous qui n'avez point renoncé à l'honneur et à la patrie ; à vous qui conservez dans vos cœurs les sentimens de la religion et de la saine morale ; sur quel fondement légitime Pétion pourrait-il poser les bases de sa république ? Serait-ce sur les membres épars et mutilés du fondateur de l'indépendance, de son ami, de son bienfaiteur qu'il a assassiné, qu'il a déchiré en lambeaux, parce qu'il était noir, et que disait-il, il ne voulait pas être commandé par un nègre ? Serait-ce au détriment du peuple qui avait nommé et choisi spontanément le vertueux Souverain

qui nous gouverne, et que pour les mêmes raisons, je veux dire par la
même injustice, par la même scélératesse, il voulut, pour cause de son
épiderme, le faire immoler comme son prédécesseur ? Serait-ce sur les
débris et les monceaux de cadavres, affreux résultats de la guerre civile
qu'il a allumée ? Serait-ce sur ses complots, son infâme trahison, sur les
débris de la liberté et de l'indépendance, qu'il voudrait asseoir les
bases monstrueuses et infamantes de sa république ? Que nous parle-t-il
d'institutions, il n'en a pas ? de lois, où sont-elles ? de droit public, il
a tout violé ; de république, elle n'existe plus !

Oui, haytiens, je vous soutiens que cette république, déjà éphémère
par ses bases criminelles, a été anéantie par le fait même de la trahison de
Pétion ; dès l'instant qu'il avait mandié dans sa négociation avec Dauxion
Lavaysse la fixité du pouvoir dans ses mains, il avait renoncé à l'indépendance, et la république était de fait abolie. Je vous le demande,
mes frères, un gouverneur général de la colonie de St-Domingue,
décoré du cordon rouge, aurait-il pu administrer la république ? Vous
me répondrez non, il n'aurait pu gouverner que les provinces françaises des parties de l'Ouest et du Sud. Ce vil impudent ose vous dire
qu'il ne veut pas d'une paix royale avec le Roi d'Hayti ; il l'a voulait bien
cependant, cette paix royale, avec Louis XVIII ; bien plus, il avait con-
senti de devenir son sujet ; il l'avait reconnu pour son maître ; mais
aujourd'hui qu'il voit ses trames découvertes, rendu au bord du précipice
que la trahison a creusé sous ses pas, il chante effrontément la palinodie ; l'hypocrite, qui disait à Dauxion Lavaysse : *Je ne suis pas opposé*
à l'idée que les hommes ne puissent s'entendre, ils sont par leur
organisation faits pour se communiquer ; de là, naissent quelques
fois les rapprochemens ; le royaliste qui mandiait les sacrifices et les
faveurs du Roi de France, et qui disait à l'espion : *Serions-nous donc*
les seuls exclus d'en obtenir en notre faveur ? le traître, qui disait
qu'il agissait *sans aigreur ni préventions contre la nation française ;*
le lâche, qui aurait changé d'état, c'est-à-dire, qu'il vous aurait plongés
dans l'esclavage, s'il n'avait pas été retenu par la crainte de compromettre son existence et sa sécurité ; ce vil impudent ose nous dire aujour-
d'hui : *Tous liens nous gênent, nous les avons brisés pour jamais ;*

nous vous le répétons, nous ne voulons point de paix royale avec votre maître, nous ne désirons aucune communication avec lui; nous déclarons de nouveau en présence de dieu, à la face de l'univers de ne jamais nous soumettre aux français ni à lui (le Roi) et de ne courber nos têtes altières et républicaines sous le joug de qui que ce soit. Quel horrible blasphème ! Peut-on se jouer ainsi du saint nom de dieu et des hommes ? ce vil impudent, croit-il pouvoir changer de conduite et de langage à son gré ? misérable éhonté ! c'est sous le joug de l'espion que tu ne devais pas courber ta tête altière et républicaine !

Quel langage ! *Tous liens nous gênent !* même ceux de la morale et de la religion !

Je vous ai dit, mes frères, que cet homme pervers faisait tous ses efforts dans ses écrits pour démoraliser la nation; il voudrait aussi qu'une haine implacable s'établirait entre nous, et nous diviserait à jamais, que sans cesse nous serions à nous déchirer de nos propres mains; il pervertit l'esprit public par les maximes les plus odieuses; voici ses propres expressions : *Que nous voulez-vous donc puisque nous ne voulons pas de vous ?* et cet homme se dit haytien ! *Que voulez-vous donc, si vous ne voulez pas de nous ?* des français ! Ne voyez vous pas, mes frères, qu'il veut élever d'éternelles barrières entre les haytiens ! il faut que nous continuons toujours à donner aux nations qui nous observent le spectacle affreux de nos dissensions civiles ! Si les flots pouvaient nous engloutir ! S'il pouvait élever un mur d'airain qui nous séparât à jamais, il serait au comble de ses vœux et de ses désirs ! Semblable à la mauvaise mère dont nous parle l'écriture, il voudrait voir partager l'enfant en deux, plutôt que de le laisser à sa véritable mère. Pétion dit, dans l'intention d'égarer l'opinion publique : *Puisque les hommes sont égaux, que les vertus et le mérite font la seule différence parmi eux; que c'est ce que l'on nous dispute, et que nous prétendons obtenir ?* Si je n'écrivais seulement que pour réfuter Pétion, je lui aurais répondu, pourquoi n'avait-il pas tenu ce langage à Dauxion Lavaysse ? Pourquoi avait il accepté d'abord à partager les droits de sujet et de citoyen français, et que s'étant aperçu de la véritable acception du mot *partager,* d'un peu au-dessous, dans une moindre mesure, un peu moins d'avantages, qu'il ait mandié à l'espion la jouissance des droits civils; j'aurai demandé à ce fourbe, lorsqu'il serait devenu *blanc,* par lettre de *blanc,* gouverneur de la colonie, décoré

da

du cordon rouge , et que les hommes de couleur eussent été avilis suivant les gradations de couleur , et les noirs attachés à la glèbe ou dans
l'esclavage [car c'est la même chose] je lui aurai donc demandé si
nos concitoyens eussent joüis , sous un pareil gouvernement , des mêmes
droits que les blancs , et de cette prétendue égalité qu'il prône maintenant; je lui dirai donc : vil imposteur ! fidèle à tes maximes hypocrites ,
ta conduite sera donc toujours en opposition avec toi-même ! tu consen-
tais à anéantir la liberté , l'égalité et l'indépendance de ta patrie avec un
vil espion ; et lorsque tes concitoyens et toi-même pouvaient jouir de la
plénitude de leurs droits , sous le gouvernement juste et paternel du Roi
d'Hayti , tu ose dire qu'on te les conteste et tu les réclame !

Voilà , mes frères , la réponse que je me serai contenté de faire à ce
vil impudent ; mais ce n'est pas seulement pour dévoiler sa trahison et sa
turpitude que j'écris ; un autre soin m'occupe ; c'est de vous faire
connaître la vérité , de faire évanouir les fausses craintes et les préventions injustes qui peuvent éloigner notre rapprochement , notre union et
notre bonheur ! de combattre de toutes mes facultés les mauvais esprits ,
les insensés qui cherchent toujours à égarer et à pervertir l'esprit public ,
par des opinions erronées , par des maximes fausses et dangereuses ;
je le sens , cette tâche est pénible , elle est au-dessus de mes forces et
pleine d'aspérités ; mais je surmonte tous les obstacles ; mon courage se
soutient quand j'ai l'espoir de contribuer , par mes veilles et mes travaux ,
au bonheur de mon pays et de mes compatriotes !

Pétion voudrait toujours égarer vos opinions et vous abuser ; par un
raisonnement sophistique , il voudrait vous faire accroire que l'égalité
ne règne pas parmi nous , parce que nous sommes institués en monarchie , et que nous ayons établi une noblesse pour récompenser les
services rendus à la patrie et pour environner l'éclat du trône. Dans mon
ouvrage intitulé Le Cri de la Patrie , j'ai fait disparaître les sophismes
que Pétion avait voulu établir sur le droit public et sur les institutions
politiques des peuples ; n'ayant point trouvé son avantage dans cette
discussion , il veut maintenant se rembarrer sur une chimère !

Eh bien ! mes frères , je vais encore dissiper cette illusion de Pétion ,

X

en lui prouvant que la liberté, l'égalité, règnent parmi nous, et que tous les citoyens jouissent de la plénitude de leurs droits civils et politiques.

Voici mes preuves, elles sont sans réplique : *La liberté consiste à ne pas faire ce qui peut nuire à autrui, et à faire tout ce qui n'est pas défendu par la loi ; autrement elle dégénèrerait en licence.*

L'égalité consiste à être égaux en droits, c'est-à-dire, que les hommes sont égaux devant la loi ; c'est positif.

Pétion ne prétend pas, sans doute, que les hommes puissent être égaux mathématiquement en facultés physiques et morales (1) ; il aurait bien de la peine à donner de l'esprit aux imbéciles, du courage aux lâches, de la loyauté aux traîtres, d'égaliser les fortunes et de niveler les hommes avec l'équerre et le compas à la main. L'égalité ne consiste donc qu'à être égaux en droits devant la loi ; tout autre est imaginaire, absurde.

Vous avez lu, mes frères, dans le serment du Roi, qu'*il ne doit jamais souffrir sous aucun prétexte quelconque le retour de l'esclavage, ni d'aucune mesure féodale contraire à la liberté et à l'exercice des droits civils et politiques du peuple d'Hayti.*

Par la Constitution du Royaume, et par l'article 7, du titre II, chapitre I, de la Loi civile du Code Henry : *La jouissance des droits civils et politiques est assurée à tout haytien.*

Par l'article 10 de la Loi militaire du Code Henry : *La dignité de noblesse ne peut prévaloir dans le commandement sur le grade militaire, lorsque la supériorité de grade ou l'ancienneté de service et d'âge se trouveront du côté de l'individu qui doit prétendre au commandement des troupes.*

La noblesse, le militaire, le bourgeois et l'agriculteur, sont jugés par la Loi du Code Henry et justiciables par-devant les mêmes tribunaux, selon la nature des délits.

La rédaction des lois est confiée au conseil privé, la discussion en est référée au grand-conseil d'état, et la sanction soumise au Roi ; lorsque le cas l'exige, le Roi convoque le conseil général de la nation, et le peuple décide de ses grands intérêts par l'organe de ses représentans.

Or, la liberté, l'égalité, règnent dans la monarchie puisque les

---

(1) Pétion se dit Mathématicien !

citoyens sont égaux devant la loi ; la noblesse et les chefs n'ont que des honneurs et des récompenses pour prix de leurs services ; en est-il pas de même dans la soi-disant république de Pétion ? un citoyen privé reçoit-il les mêmes honneurs ? jouit-il des mêmes pouvoirs d'un chef de brigade, d'un général de brigade et de division ? non, sans doute ! Nous avons donc, outre l'avantage de jouir de nos droits civils et politiques, un gouvernement, des honneurs et des récompenses sanctifiés par toutes les nations les plus éclairées de la terre ; au lieu que la soi-disant république de Pétion, par ses formes et ses dénominations démagogiques, est flétrie par l'opinion de tous les peuples !

Comme vous voyez, mes frères, les calomnies de Pétion tombent d'elles-mêmes ; le peuple jouit dans notre monarchie de toute la plénitude de ses droits civils et politiques, de la liberté et de l'égalité, sous un gouvernement sage et éclairé ; et le monarque généreux qui en tient les rênes, loin de se mettre au-dessus des lois, est le premier à les suivre et à les faire exécuter.

Que ne pouvez-vous être témoins, mes frères, de sa sagesse, de sa justice, de son équité ; si vous pouviez voir comme nous le soin que le Roi prend à rendre une exacte justice à qui elle est dûe, le tendre intérêt qu'il prend pour défendre le faible contre les agressions du plus fort ; si vous pouviez le voir au milieu d'un groupe de militaires et d'agriculteurs, comme un père au milieu de ses enfans, leur dire de s'approcher de lui avec assurance et de lui confier leurs peines et les injustices qu'ils auraient à se plaindre ; si vous étiez les témoins, comme souvent nous le sommes, des bienfaits qu'il répand sur les malheureux, sur ses intentions paternelles, ses vues bienfaisantes envers toutes les classes de la société ; si vous étiez convaincus, comme nous le sommes, qu'il est le plus zélé, le plus grand et le plus ardent défenseur des droits du peuple, de la liberté et de l'indépendance, vous auriez comme nous pour le Roi la même vénération, le même attachement et un dévouement sans bornes pour son auguste personne, et vous seriez aussi indignés que nous des infâmes calomnies de Pétion.

L'administration du Roi, au-dedans, est sage, éclairée et paternelle ; au dehors, sa politique est également sage, ferme et invariable ; elle

marche toujours vers le but qu'elle doit atteindre, l'*indépendance* !
La fixité de ses vues politiques, les déterminations sagement énoncées
de son gouvernement, inspirent aux nations la confiance, la sécurité,
que l'on a toujours dans un prince loyal, de bonne foi et invariable dans
ses opinions et dans ses principes !

Que fait Pétion au-dedans ? tous ses soins s'étendent à attiser les
fureurs de la guerre civile, à pervertir l'esprit public et à démoraliser la
nation ! Et au-dehors, sa politique est absurde et vacillante; la fluctuation
de sa conduite, de ses opinions et de ses principes, le fait marcher
à tâtons sans pouvoir atteindre aucun but, et le rend le jouet et la
risée de tous les peuples ! Quelle confiance ! quelle sécurité peut-on
avoir dans un homme déloyal, sans principes; enfin un caméléon
politique ?

Les ennemis d'Hayti se nourrissent l'imagination de pouvoir nous
subjuguer par les intelligences criminelles que Pétion entretient avec eux.
Notre indépendance eût été déjà reconnue sans ces obstacles; il est donc
du plus grand intérêt du peuple haytien de les faire cesser; et pour cela,
je ne vois qu'un moyen, c'est de déposer le monstre ou de le faire
disparaître !

Pétion, épouvanté de l'énormité de ses crimes, cherche par tous les
moyens qui lui sont suggérés par sa perfidie à détourner l'orage qui se
forme sur sa tête, les éclairs qui brillent à ses yeux portent le trouble et
l'épouvante dans son âme! *Il nous supplie d'avoir pour lui le senti-*
ment de la modération, de le laisser en repos, sans quoi, il se verrait
contraint de livrer nos écrits dans les flammes, pour se procurer sa
tranquillité. Nous aurions donc nous-mêmes renoncé à tous sentimens
d'honneurs ? Nous aurions donc aussi trahi la patrie et nos concitoyens ?
si nous laissions en repos le monstre qui a fait tous ses efforts pour nous
avilir et anéantir la liberté et l'indépendance. Non, Pétion, il faut que tu
expie tes crimes! nous te poursuivrons sans relâche, si tu soupire après
le repos, fuis cette terre chargée depuis trop long-temps du fardeau de
tes forfaits ! fuis misérable cette patrie que tu as désolé par tes fureurs !
va traîner dans une terre étrangère ta frêle et maudite existence ! va
monstre y cacher ta honte et ton infâme trahison !   La

La vérité est une marchandise de contrebande pour cet homme pervers ; il voudrait en empêcher l'introduction dans ses domaines ; il voudrait pouvoir étouffer et fermer la barrière à nos productions, et malgré, selon lui, qu'elles sont remplies d'absurdités et de rapsodies, *il veut néanmoins les livrer aux flammes en sacrifices expiatoires, afin que la trace ne s'en retrouve plus.* Pourquoi donc Pétion veut-il brûler nos papiers ? Pour sauver nos écrits du funeste sort qui les menace et des fureurs de cet incendiaire, je lui propose ce dilemme : si nos productions ne contiennent que des vérités utiles au bonheur du peuple, vous ne devez pas les brûler, vous devez les laisser circuler librement, et si elles ne contiennent que des absurdités et des rapsodies, pourquoi voulez vous leur fermer la barrière et leur faire subir le sacrifice du feu ? laissez les circuler librement, tout le monde en rira, elles ne feront aucun mal !

Non, mes frères, je n'ai pas été suggéré par qui ce soit, ni je n'ai pas suggéré à personne mon ouvrage intitulé *Le Cri de la Patrie,* pas plus que je le suis dans la réponse que je vous fais ; j'ai suivi spontanément l'impulsion de mon cœur, c'est le *Cri de ma Conscience !* je vous écris en homme libre, en vous dévoilant la turpitude, l'hypocrisie et la trahison d'un traître ; je suis intimement convaincu que je sers ma patrie et mes concitoyens, et que je remplis le devoir d'un patriote, d'un ami de la liberté et de l'indépendance ; je vous parle avec la franchise et la sincérité d'un homme qui n'a jamais su ce que c'est que dissimuler sa pensée ; s'il en était autrement, si je ne pouvais exprimer librement mes sentimens dans mes écrits personnels, je déposerai la plume et je garderai le silence...

Ai-je besoin, mes frères, de suggérer et d'être suggéré pour défendre une cause aussi sacrée, aussi juste que légitime. Quoi ! ma patrie livrée en proie aux calamités de la guerre civile, mes compatriotes, mes frères, livrés à la discrétion d'un traître qui les a avilis et dégradés ; l'honneur national insulté, la liberté, l'indépendance attaquées ; ne sont-ce donc pas des causes assez majeures pour émouvoir le cœur d'un patriote ? Eh ! quel est celui d'entre vous, mes frères, qui serait assez injuste pour ne pas applaudir à mon zèle et à la pureté de mes intentions ? Quel

Y

est celui d'entre vous qui ne partage pas intérieurement l'horreur que m'inspirent les crimes de ce traître et sa monstrueuse hypocrisie ! il pousse l'immoralité jusqu'à l'impiété ; il a pu sans frémir, sans se dire à lui-même arrête malheureux ! tu mens à ta conscience ; il a pu prononcer ces paroles de l'évangile : *Tous ceux qui se serviront de l'épée périront par l'épée, ce sont*, dit-il, *les propres paroles de notre rédempteur dans sa passion;* quel arrêt dans la bouche de Pétion! c'est judas Iscariote qui ose proférer ces paroles divines ! Quel horrible blasphème ! lorsque le prince des apôtres coupa l'oreille de Malchus d'un coup d'épée, notre divin sauveur prononça cette sentence contre l'agresseur; eh ! c'est Pétion, qui sous les apparences d'une feinte amitié, a attiré dans le piége son chef, son ami, son bienfaiteur, l'a massacré et dispersé en lambeaux ses restes inanimés ; c'est lui qui avec un front d'airain, l'impiété dans le cœur, le sacrilége dans la bouche, c'est lui qui ose faire cette citation ! semblable à judas, qui, en donnant le baiser de paix à son maître et à son Dieu, l'a livré à la mort. Que dis-je ? judas, après son crime horrible, a rejeté avec indignation le prix du sang innocent, s'est pendu de désespoir et de remords. Pétion, mille fois plus traître et plus scélérat que cet apostat, réclame avec audace le salaire de son crime; poursuit sa vengeance, sans remords comme sans conscience, avec un cœur plus dur que le bronze; il se joue dans ses crimes et se baigne en riant dans les flots de sang de ses semblables ! Grand Dieu ! vous avez prononcé la sentence de Pétion ! tous ceux qui ont été les malheureux instrumens de cet homme ambitieux, que sont-ils devenus ? ils ont tous été moissonnés par l'épée ! Pétion seul, l'unique auteur de tous nos maux, vit encore !

Arrêtez vos regards, mes frères de couleur, sur le crime horrible dont Pétion s'est souillé; voyez quel en a été les funestes résultats; les paroles de dieu se sont accomplies ; voyez le châtiment de toutes ses iniquités, de tous ses crimes horribles ! contemplez nos malheurs, et vous verrez que la main de dieu s'est appésantie sur nous ! Je vous conjure, mes frères, ne soyez pas insensibles à la voix de la religion, de la vérité, de la raison et de l'équité; que vos cœurs s'amollissent, que vos yeux se dessillent ! détournez de dessus vos têtes la vengeance divine et humaine !

prenez à cœur le soin de votre salut ! faites un retour généreux sur vous mêmes ; éloignez de vous toute espèce de crainte ; jetez vous avec confiance dans les bras de vos frères les noirs ; venez dans les bras d'un père qui vous ouvre son sein, d'un Roi bon et généreux, son grand caractère ne sait point dissimuler ; il frappe le coupable ou il le pardonne, sa grande âme est incapable de se souiller d'aucun artifice, méprisez la calomnie ; venez au Roi franchement, ouvertement, sans crainte, puisqu'il vous appelle ; si vous trouvez des obstacles à franchir pour voler dans ses bras et que vous préfériez rester dans vos foyers pour défendre vos intérêts, vos femmes et vos enfans, déclarez vous pour la cause du Roi ; c'est la cause du peuple ; arborez les étendards de la patrie, de la liberté et de l'indépendance ; suivez, mes frères, ce conseil salutaire qui vous est donné par un patriote, un ami de son Roi et de son pays ; par un frère qui vous aime, qui vous fait entendre *le cri de la patrie et de sa conscience*, et qui voudrait vous sauver ; si vous méprisez les conseils que je vous donne, à ce que dieu ne plaise cela n'arrive, vous vous perdez à jamais ; vous aurez creusé vous-mêmes vos tombeaux, et moi j'aurai la consolation d'avoir rempli ma tâche envers la patrie, le roi et mes concitoyens.

Revenons à l'écrit de Pétion : *Ne pensez pas*, dit-il, *Messieurs, que nous prenions le soin de discuter avec vous sur toutes les absurdités contenues dans vos libelles. Nous sommes décidés à n'avoir plus de rapport avec vous ; et nous allons terminer cette réponse, déjà beaucoup trop longue, par une conclusion résumée, qui ne laisse pas cependant de vous prouver que nous les avons lus quoique avec beaucoup de répugnance.*

D'après le caractère machiavélique de Pétion, nous voyons clairement qu'il prend le plus grand soin d'étouffer nos papiers, afin de les dérober à la connaissance du peuple ! *Il veut les brûler*, il les a lus *avec beaucoup de répugnance*, il est décidé *de n'avoir plus de rapport avec nous*. Homme faux et pervers ! tout cela nous dit positivement que nous devons écrire sans cesse, pour faire éclater la vérité que tu as tant d'intérêts à *étouffer*, et qui te cause tant de *répugnance* à entendre ! tout cela nous prouve que nous devons faire sans cesse tous nos efforts pour dissiper tous les obstacles, que ta perfidie s'étudie à élever pour éloigner toute espèce de rapprochement entre les haytiens ! tout cela nous avertit que nous devons être en garde contre tous les piéges, tes ruses et tes détours, et que nous te connaissons assez pour n'être pas dupes de tout tes manéges de scélératesse et d'hypocrisie !

Nous avons acquis la preuve certaine que nos écrits produisent de bons effets ; que nos frères de l'Ouest et du Sud s'aperçoivent de leurs vrais intérêts, qu'ils voyent déjà avec horreur le monstre qui les a avilis, trahis, vendus aux ex-colons et aux blancs français, sans pouvoir les livrer.

Nous engageons Pétion de multiplier ses écrits ; j'incague même sa réponse ; loin de brûler ses papiers, nous en ferons l'usage qu'il nous convient ; nous avons lu avec beaucoup de plaisir son *écrit*, et surtout son *résumé raisonné*, son *opinion raisonnée* et sa *conclusion résumée*. Nous avons eu de nouvelles preuves que ses principes moraux, politiques et religieux, étaient dignes de ce *Busiris* du siècle.

J'éprouve cependant un vif regret, mes frères, c'est de n'avoir pu trouver des couleurs assez sombres, pour peindre à vos yeux un monstre d'hypocrisie, tel que Pétion ; vous excuserez la faiblesse de ma touche en faveur de ma bonne volonté ; je n'ai pu qu'ébaucher faiblement les traits de mon affreux modèle ! Quel est le peintre assez habile qui aurait pu rendre fidèlement la physionomie d'un hydre, d'un réprouvé, sur le front du quel on aurait vu imprimer l'affreux mélange des fureurs de Moloch, les crimes des Robespierre et des Marat, la trahison et l'hypocrisie de judas ! à l'aspect de ce monstre odieux, le peintre épouvanté eût jeté son pinceau, et aurait reculé d'horreur et d'effroi...

Pétion voit que je m'efforce de suivre ses conseils, et le bon usage que je sais faire des épithètes ; le seul regret que j'ai, c'est de ne pas en trouver d'assez énergiques pour les prodiguer à ce fléau de ma patrie ; cent fois pire que la peste et la famine ; par les calamités incalculables qu'il a attirées sur elle.

Lorsque nous disons à Pétion, qu'il est un ennemi invétéré des noirs, et qui leur nourrit dans son cœur une haine profonde et cachée,

cachée ; nous lui citons des faits ; nous lui en donnons des preuves ; Pétion , sans pouvoir se justifier ou pour éluder la question et la rendre oiseuse , nous répond que ce sont des *dits et redits ;* et moi je lui soutiens, qu'il est le plus acharné et le plus implacable ennemi de nos frères les noirs ; et je lui en donnerai des preuves sans réplique !

Tout le reste *de son écrit* ne respire que la provocation à la guerre civile ; l'affreux Moloch joue tous les ressorts de son art perfide ; il aiguise ses poignards et nous présente la pointe de tous côtés ; il cherche les endroits les plus sensibles ; d'abord il veut attaquer notre gloire militaire ; il nous parle des généraux Borgella , Francisque, Bruny Leblanc, Lys, Bergerac, Nicolas, Beauvoir, Voltaire, comme si nous ne connaissions pas avec quelle injustice Pétion les traite , en les éloignant de leurs foyers , et en les tenant sans emplois dans l'inaction ; il nous parle de leur bravoure, comme si nous ne la connaissions pas ; ne dirait on pas , à entendre le langage de ce scélérat , que ce sont des chinois , des français ou des allemands , dont il veut nous parler ; ne sont ce pas des haytiens comme nous ? N'avons-nous pas des généraux également braves ? des haytiens peuvent-ils être plus braves que des haytiens ? quelle absurdité ! quelle extravagance ! Dans le récit de ses prétendues victoires , cet énergumène , compte effrontément ses défaites pour des trophés ! Pourquoi qu'à côté des fatales journées de Ciberi , n'a-t-il pas placé les défaites de St-Marc, du Sourde et du Mirebalais ? etc. il ne lui en aurait pas plus coûté. Je vous demande, mes frères, dans ces prétendues victoires et défaites, le sang de quel ennemi a coulé ? Quels sont les cadavres qui ont jonché la terre ? sont-ce le sang et les cadavres de l'étranger ? quelle perversité ! quelle immoralité ! quel sujet de joie et de triomphe !

Voyez donc comme ce vil hypocrite fait tous ses efforts pour rallumer les fureurs de la guerre civile ? Pouvez-vous douter encore, mes frères , qu'il ne soit le fatal instrument nécessaire des ennemis d'Hayti ?

Après avoir provoqué le meurtre, il a l'air de vouloir s'apitoyer sur le sort de nos malheureux frères qu'il a fait égorger, après les avoir entraînés dans l'erreur.

Pétion vous dit qu'ils étaient *en rebellion ouverte ?* Pourquoi l'étaient ils ? parce qu'ils avaient reconnu leurs erreurs ! parce qu'ils

Z

avaient reconnu que Pétion avait trom é leur bonne foi , pour les faire
tomber dans ses piéges , afi 1 de leur faire servir d'instrumens à son ambition démesurée ; et lorsqu'ils ont ouvert les yeux sur ses crimes, il les a fait
sacrifier. Ainsi, il en fera de même de quelques-uns d'entre vous......
Prenez donc bien vos mesures.....

Vous voy z ce monstre mettre tout son art à vous faire le
tableau des catastrophes de la guerre civile qu'il a allumée , et qu'il
entretient avec tant de soin et de fureur ; son imagination contemple ,
son cœur féroce savoure avec délice son propre ouvrage , les résultats
de sa trahison , de ses crimes et de son ambition démesurée. Misérable !
si l'on pouvait traîner à tes pieds tous ces cadavres......

Dans le milieu de cet étalage , il vous implante le nom de l'Archevêque
d'Hayti , parce qu'il a fait des instructions pastorales pour ramener les
brebis égarrées au bercail, le loup carnassier s'en plaint ; il a raison....

Le vil complice de Dauxion Lavaysse , le traître qui a vendu ses
frères et son pays, a l'impudence de se comparer à l'immortel Washington ; il compte pour des exploits et des victoires , ses crimes et ses
perfidies ; il nous dit *que les couleurs républicaines flottent au Grand-*
Bois et au Mirebalais, etc.

Ce n'est pas Pétion, au Mirebalais , et au Grand-Bois , que nous
voulons voir flotter les étendards nationaux, les étendards du Roi , de la
patrie , de la liberté et de l'indépendance. Le Roi a des vues plus éten-
dues , plus vastes ; ses combinaisons s'étendent plus loin ; c'est au Port-
au-Prince même , aux Cayes , à Jérémie , à Jacmel , que flotteront
incessamment les drapeaux du peuple que tu as trahi , avili et outragé.

Pétion nous envoye pour *notre instruction,* les procès-verbaux de l'anniversaire de l'indépendance et de sa réélection à son éternelle dictature.
Ces deux pièces nous ont instruit en effet de deux faits importans qu'il
est essentiel de mettre sous les yeux de nos lecteurs,

Voici un paragraphe du discours de Pétion adressé au sénateurs :

Vous retracer les époques marquantes de mon administration
est un devoir d'usage dans tous les gouvernemens.

A ce début , j'étais curieux de savoir comment que le vil complice de
Dauxion Lavaysse aurait pu rendre au peuple les résultats de ses menées

et de ses intrigues avec cet espion ; quel a été mon étonnement de n'y trouver pas un seul mot sur les projets des français ; il n'en est pas plus question que de Dauxion Lavaysse, ni de tribut, ni d'indépendance ; enfin l'hypocrite a gardé le plus profond silence sur ce qui pouvait intéresser le peuple, pour l'entretenir des affaires passées, de la guerre civile et des choses insignifiantes. Pauvre peuple ! comme on t'abuse.

Dans le procès verbal de l'anniversaire de notre immortelle indépendance, nous avons acquis la preuve que le monstre qui avait craint de prononcer le mot d'*indépendance* à Dauxion Lavaysse, du 6 Septembre au 20 Novembre ; le traître qui avait renoncé à l'indépendance, pour se conserver l'administration intérieure ; à présent il chante pleinement et à tue-tête la palinodie; il ne dit plus l'*indépendance des droits ;* mais il s'explique clairement, l'*indépendance de notre pays.* Peut-on rien voir de plus hypocrite, de plus traître et de plus scélérat que ce Pétion ?

Haytiens, mes frères, j'ai répondu à cet *écrit* inspiré par le crime aux abois et dans le délire de l'imagination d'un insensé ! dans le nombre des noms des soi-disant signataires qui décorent cette pièce immorale, j'y ai vu les noms des hommes vraiment patriote et vertueux qui n'ont certainement pas l'affreux desseins de trahir leurs concitoyens et leur patrie ; comment peuvent-ils donc se laisser avilir par un traître dans ses écrits ? Les générations meurent, mais les peuples vivent ; et l'histoire perpétue la mémoire, des actions des hommes ; craignez-donc le jugement de la postérité !

Je vous ai fait connaître la vérité, et pour mieux encore la faire briller à vos yeux, je vais vous faire l'analyse des crimes innombrables de Pétion ; et tandis que je foule la tête de cette vipère sous mes pieds, je veux l'écraser pour l'empêcher de continuer à distiller son venin !

Je vous prie, mes frères, de me prêter votre attention ; il s'agit de vos grands intérêts, de votre conservation, de votre honneur ; enfin du salut de la patrie, de la liberté et de l'indépendance !

Le 6 de Septembre 1814, Dauxion Lavaysse a écrit à Pétion, de la Jamaïque ; lui a proposé de partager les droits de sujet et de citoyen français ; il a qualifié Pétion de sujet de S. M. Louis XVIII; lui a dit que la France était sa patrie ; et a terminé sa lettre , en insultant le peuple haytien , par la menace odieuse *d'être traités comme des sauvages malfaisans et traqués comme des nègres marrons.*

Au mépris des lois et de l'honneur national insulté ; au mépris du devoir de sa place , Pétion a répondu à Dauxion Lavaysse , par sa lettre du 24 de Septembre , et a donné son assentiment à ses propositions ; l'a sollicité , dans les termes les plus respectueux , de se rendre au Port-au-Prince *pour se communiquer sur la nature et l'étendue de sa mission.*

Dauxion Lavaysse s'est rendu à cette invitation , dans les premiers jours de Novembre.

Pétion , en retour des outrages de cet espion envers le peuple , l'accueille et lui fait rendre des honneurs militaires qui ne sont dûs qu'aux ambassadeurs ; l'admet dans son intimité ; conspire , pour ainsi dire , ouvertement avec ce vil espion la ruine de l'état ; trame de concert à anéantir la liberté et l'indépendance du peuple haytien.

Pour voiler cette conspiration infernale , il l'a couvre des formes diplomatiques , pour mieux fasciner les yeux du peuple sur leurs horribles attentats , ils imaginèrent de négocier par écrit ; après s'être entendus dans leurs conciliabules , il leur était facile , par des tournures amphibologiques , de s'expliquer sur des points déjà discutés dans le secret ; par un crime encore plus horrible , Pétion vendait ainsi le peuple , sous ses propres yeux et par écrit , tout en ayant l'air de vouloir discuter ses intérêts. Quelle affreuse perversité ! Quelle hypocrisie !

Le 9 de Novembre , Dauxion Lavaysse notifie à Pétion (pour la forme) dans une note officielle de restaurer la colonie française dans l'île d'Hayti ; d'abolir l'indépendance , de proclamer l'autorité du monarque français ; et que Pétion et les principaux chefs se constitueraient *le Président et les membres du gouvernement provisoire d'Hayti, au nom de S. M. Louis XVIII,* par un entendu avec Pétion, l'espion pousse l'impudence à l'inviter *de préparer le peuple à faire le sacrifice de sa liberté et de son indépendance:* il pousse l'insolence jusqu'à lui dire que les haytiens qui ne voudraient pas se ployer sous le joug de l'esclavage
seraient

seraient repoussés du sein de leur patrie, ce qui veut dire, dans le style figuré de Pétion et de l'espion, envoyé dans l'île de Ratau; cet espion pour appuyer Pétion et terroriser les défenseurs de la liberté et de l'indépendance, qui auraient voulu élever la voix et s'opposer à la ruine de leur patrie, les désigne *comme des hommes violens et incorrigibles, dont les préjugés sont incomp atib es à la tranquillité de la colonie;* il prononce d'avance leur arrêt de mort et le genre de leur supplice ! A qui ce, vil brigand eut osé adresser ces outrages, si ce n'était à son abominable complice ?

Le 12 de Novembre, Pétion répond à cette note infamante de Dauxion Lavaysse, parjure son serment, viole l'acte de l'indépendance; il commet un horrible attentat contre l'état, il insulte à la souveraineté du peuple; il se soumet à marchander par écrit la liberté et l'indépendance du peuple; il encense ce vil espion; et lui dit, dans des termes non équivoques, qu'*il est devenu haytien malgré lui par nécessité absolue; quand il n'a pu faire différemment;* il renonce à l'indépendance que le peuple a conquise aux prix de son sang; du 6 Septembre au 20 Novembre, il évite soigneusement dans tous ses écrits à l'espion de prononcer le mot d'*indépendance;* le traître avait sacrifié cette garantie de notre existence politique et individuelle.

Pétion, après avoir pris connaissance des instructions de Dauxion Lavaysse, vit qu'il s'était mépris au premier abord sur la véritable acception du mot *partager;* offusqué de l'instabilité du gouvernement provisoire, effrayé du danger qu'il y avait d'attacher les noirs à la glèbe, a tâché d'obtenir des modifications, pour lui faciliter l'exécution du plan politique de Malouet qui lui était proposé par l'espion.

De-là, sa correspondance avec Dauxion Lavaysse, où il mandiait la jouissance des droits civils de sujet et de citoyen français, la fixité du pouvoir dans ses mains, l'*oubli du passé, les sacrifices et les faveurs du Roi de France* pour être traité et considéré comme français; il dit à l'espion qu'il n'est pas éloigné de l'idée de s'*entendre*, mais qu'il était nécessaire qu'on lui accorde ses demandes; que s'il fallait mettre de suite les noirs dans l'esclavage, cela entraînerait *une révolution subite et géné-*

A a

rale, qui compromettrait sa sécurité et son existence, et ne serait pas à l'avantage du système politique que l'on voudrait suivre, [le système de Malouet] qu'il vaudrait mieux se relâcher par de certaines concessions pour en venir plus sûrement à l'exécution du plan proposé, *sans secousses violentes peu à peu avec le temps.*

Voilà la preuve *légale* signée de sa main, que Pétion est un traître, qu'il a conspiré contre la patrie; de son propre aveu, il a déclaré qu'il connaissait à l'époque qu'il négociait avec Dauxion Lavaysse, l'affreux système politique de Malouet qu'*on devait suivre.* Le scélérat! comme il abusait de la confiance des généraux et magistrats; il devait leur faire connaître la proposition principale de l'espion; mais il devait leur laisser ignorer l'affreux système politique dont il était parfaitement instruit; l'esclavage! l'île de Ratau! quelle infâme trahison plus prouvée, plus manifeste!

Il paraît certain que les négocians anglais et américains du Port-au-Prince avaient fait circuler des nouvelles qui contrariaient les vues de l'espion et de Pétion; en conséquence, Dauxion Lavaysse écrivit à Pétion le 19 de Novembre cette lettre insultante, par laquelle il invectivait les négocians étrangers, par des épithètes les plus grossières; il comble Pétion de louanges, le qualifie de français et de compatriote; il lui dit que la France est sa patrie; qu'il a gouverné Hayti avec sagesse et fermeté pendant la guerre civile, qu'il doit continuer toujours à être sa boussole et son ancre; que la France ne doive qu'aux sentimens vraiment français, et à la loyauté des habitans d'Hayti, la possession de sa colonie; que Pétion méritera *la reconnaissance de son Souverain, S. M. Louis XVIII, et des français ses compatriotes des deux monde.*

Pétion répond à cette lettre le 20 Novembre; il acquiesce par son silence, implicitement, à toutes les insultes et flagorneries de ce vil espion.

Le dimanche, 20 Novembre, Pétion reçoit par deux militaires envoyés par le Roi, les instructions imprimées de Dauxion Lavaysse, accompagnées de sa proclamation du 11 Novembre 1814

Pétion et son complice épouvantés de voir leurs complots découverts par le Roi, et rendus publics par la voix de l'impression; étouffèrent au peuple , dans le moment la connaissance de ces instructions ; Pétion renvoya l'assemblée des généraux au 27 , qui devait se tenir le 21 Novembre , certainement pour avoir le temps de se reconnaître.

Pétion, voyant ses projets pleinement découverts, changea de batterie ; au lieu de faire proclamer l'autorité de S. M. Louis XVIII, d'abolir ouvertement l'indépendance, il substitua un honteux tribut ; et dans la rédaction de ses propositions à l'espion , par une tournure perfide et à double sens donnée à ses expressions , il renonce de même à l'indépendance effective, pour ne conserver qu'une *espèce d'indépendance,* l'administration intérieure.

Le 27 de Novembre , malgré que Pétion était instruit depuis les premiers jours de sa négociation avec Dauxion Lavaysse, *de la nature et de l'étendue de sa mission,* malgré qu'il y avait sept jours qu'il avait en sa possession ces instructions qui lui donnaient la preuve en main que ce n'était qu'un vil espion ; le 27, dis-je, Pétion propose aux généraux et magistrats assemblés la principale proposition de Dauxion Lavaysse, les invite d'abolir l'indépendance et de former un gouvernement provisoire au nom de S. M. Louis XVIII.... Il annonce le résultat des délibérations de cette assemblée à Dauxion Lavaysse, il lui témoigne dans des termes clairs et précis, le regret de n'avoir pu consommer son horrible attentat, *y penser*, dit-il , *entraînerait une subversion subite et générale, compromettrait notre sécurité, notre existence ;* il élude perfidement les vraies intentions des généraux et magistrats ; il trompe leur bonne foi, il ne demande à Louis XVIII, *que l'indépendance de leurs droits,* au lieu de l'indépendance d'Hayti, ainsi que l'entendaient et le voulaient les généraux et magistrats du peuple et qui sans doute croient encore, de bonne foi, que Pétion l'ait réellement demandée.

Il avilit le peuple , en offrant en son nom un honteux tribut à S. M. Louis XVIII pour dédommager nos oppresseurs de la perte momentanée de leurs biens et de nos personnes ; il offre le commerce exclusif à la France , comme en 1789 , qui faisait , dit-il , le bonheur des deux contrées ; il sollicite l'espion d'appuyer ses propositions auprès de sa majesté

Louis XVIII, en lui disant *qu'il est sans aigreur ni prévention contre la nation française.*

Le 29 Novembre, Dauxion Lavaysse l'accuse réception de ses offres scandaleuses; l'espion, qui s'était nourri dans l'espoir de faire proclamer d'emblée l'autorité de Louis XVIII, témoigne aussi à Pétion ses regrets de n'avoir pu consommer leurs affreux projets; il dit à Pétion que les haytiens sont les ennemis de Pétion et des français; il lui prédit qu'un jour il sera aussi indigné que lui-même contre les haytiens. Les prophéties du complice de Médina s'est également réalisée comme les dépositions de cet espion.

Pétion ayant consommé son crime ouvertement avec l'espion, combina secrètement avec lui les moyens que le gouvernement français devait employer pour nous subjuguer, le chargea de transmettre ses prétentions au gouvernement français; je lui fournirai des preuves de ce fait par la suite; il récompensa son complice de quelques milliers de gourdes et le fit partir pour la Jamaïque sur une goëlette haytienne.

Pétion, après le départ de Dauxion Lavaysse, mesura la profondeur de ses crimes; il sentit la nécessité de se justifier aux yeux du peuple d'avoir traité avec un vil espion; il fit alors sa proclamation du 3 Décembre, chef-d'œuvre d'absurdité, où pour donner du relief à ce honteux événement, il le représente comme une époque qui doit illustrer à jamais les fastes de la république; pour vous empêcher de réfléchir et de dévoiler qu'il avait renoncé positivement à l'indépendance, il vous dit astucieusement que sans elle *point de sécurité, point de garantie de notre régénération;* pour relever la bassesse de ce vil tribut, il vous dit que *c'est une action généreuse, qu'elle vous honore!* en même temps qu'il vous couvre d'infamie, il vous dit *que vous avez fait ce que vous avez dû faire;* il vend le pays aux blancs français, il aliène déjà vos propriétés, et il vous dit *que le droit des armes a mis le pays dans vos mains qu'il est votre propriété;* au lieu d'arrêter ce vil espion, comme son devoir, la sûreté de l'état, les lois des nations, l'obligeaient de le faire, il vous parle *de son caractère sacré et du droit des gens,* comme si les espions pouvaient être revêtus d'aucun caractère, comme s'ils pouvaient jouir du privilége du droit des gens.   Par

Par l'analyse des pièces qui déposent contr'eux, on trouve la preuve que Pétion porte une haine invétérée à nos frères les noirs; qu'il n'a cessé de conspirer à différentes époques contre la patrie, et qu'il conspire constamment contr'elle, afin de parvenir à réduire la population d'Hayti sous le joug des français et de l'esclavage.

Ce n'est pas avec un député que Pétion a marchandé, par écrit, les droits sacrés du peuple, c'est avec un vil espion [Dauxion Lavaysse] dont l'espionnage est prouvé par ses instructions mêmes; le ministre Malouet ne l'avait chargé ainsi que ses complices, de ne se montrer à Hayti, que *comme gens qui y viennent préparer pour leur compte ou pour celui de quelques maisons de commerce des opérations de ce genre; ils étaient chargés de sonder les dispositions des chefs, de s'informer de nos moyens intérieurs;* le comte Beugnot, successeur du ministre Malouet, a encore corroboré la preuve de cet espionnage; il dit: que *Dauxion Lavaysse n'était chargé que de recueillir et de transmettre au gouvernement, des renseignemens sur l'état de la colonie;* c'est ce que Dauxion Lavaysse a fait au Port-au-Prince; il a recueilli tous les renseignemens qu'il pouvait avoir de besoin; il les a transmis au gouvernement français, il a conspiré avec Pétion la ruine de l'état; nous en avons trouvés les preuves dans la correspondance de Catineau Laroche, son agent à Paris, et dans tous les papiers publics de France et d'Angleterre.

Dauxion Lavaysse en effet ne pouvait être chargé que d'intriguer avec Pétion le renversement de l'état, de la liberté et de l'indépendance; c'est ce qu'ils ont fait; il est facile de s'en convaincre par l'analyse des instructions de Dauxion Lavaysse et de ses complices Médina et Dravermann; ils étaient chargés de proposer à Pétion le rétablissement de l'esclavage et les préjugés tels qu'en 1789; *de se rapprocher le plus qu'il leur sera possible de l'ancien ordre des choses coloniales et de s'en écarter que là où il leur sera impossible de faire autrement,* Dauxion Lavaysse devait faire entendre à Pétion *que la grande masse des noirs devait être maintenue dans un état d'esclavage; qu'il était essentiel qu'elle demeure ou qu'elle rentre*

B b

dans la situation où elle était avant 1789; il devait, de concert avec
Pétion, *aviser aux moyens de faire rentrer, sur les habitations de
leurs maîtres, le plus de noirs possible;* et ceux des noirs qui auraient pu
porter, dans la classe des esclaves, *un esprit d'insurrection trop dangereux,* devaient être transportés *à l'île de Ratau ou ailleurs;* et il est
dit encore dans ces instructions, *que cette mesure doit entrer dans
les idées de Pétion, s'il veut assurer sa fortune et les intérêts de sa
caste; et nul ne peut mieux que lui disposer les choses pour son
exécution, lorsque le moment en sera venu.*

Il devait proposer à Pétion, pour le récompenser de ses crimes et de
sa trahison, des lettres de *blanc* et des avantages honorifiques ainsi que
de fortune, et quelques autres dont la couleur aurait été plus rapprochée
du blanc devaient jouir aussi des mêmes avantages.

Un simple coup-d'œil sur cette analyse, sur la correspondance de
l'espion à Pétion et de Pétion à l'espion, suffit pour expliquer et motiver
la conduite réciproque, les liaisons criminelles et les affreux desseins
qui ont dirigé ces hommes pervers, durant le cours de leur,
infâme négociation

Les dépositions de l'espion Médina confirment et corroborent encore
la trahison de Pétion et sa haine bien prononcée contre les noirs.
Cet espion dépose dans son interrogatoire, par-devant la commission
militaire spéciale, que Pétion devait, de concert avec Dauxion Lavaysse,
conclure un traité qui aurait pour but de préparer un pied à terre à
l'armée française, afin de faire la guerre au Roi d'Hayti, dans le cas
qu'il ne voudrait pas se soumettre à la France; il dépose que Pétion
devait placer les troupes haytiennes aux avant-gardes des troupes
françaises, pour éclairer leurs marches et lever les embuscades, dans
l'intention, sans doute, de faire périr les haytiens les uns par les autres;
il dépose que Dauxion Lavaysse devait faire tous ses efforts pour faire
proclamer l'autorité de Louis XVIII au Port-au Prince; il dépose que
le ministre Malouet avait dit, dans une audience où il était présent, que
Pétion était dévoué à la France, que jamais il ne se laisserait commandé
par *un nègre* et que la guerre civile continuerait toujours; il dépose que
la signification de l'île de Ratau est une expression inventée par le

ministre Malouet, pour désigner la manière de se défaire des hommes dangereux ; il dépose que l'esclavage devait être rétabli comme à la Martinique et à la Guadeloupe, que les colons devaient entrer en possession de leurs nègres et de leurs habitations ; il dépose que si la population d'Hayti ne se soumettait pas à la France, qu'elle serait entièrement extei minée jusqu'aux enfans.

Les dépositions de l'espion Médina n'ont pas besoin de commentaires ; elles sont claires, précises : la conduite de Pétion avec Dauxion Lavaysse et les événemens qui ont lieu de depuis, prouvent évidemment qu'elles sont conformes à la vérité.

L'analyse des pièces de l'ex-colon Catineau Laroche, agent de Pétion à Paris, jette un jour lumineux sur cette conspiration et corrobore toutes ces dépositions.

Cet agent annonce à Pétion, dans sa lettre du 16 Février, que des troupes françaises devaient être envoyées contre Hayti ; que des émissaires devaient s'introduire dans le Nord pour y semer des troubles ; que l'on proposerait à Pétion de se mettre à la tête des troupes fran ises pour faire la guerre au Roi d'Hayti.

Catineau Laroche dit à Pétion : *Ce sont les agens français que vous avez reçus, qui ont donné l'idée de s'emparer des petites îles et d'établir le blocus ;* il n'y a pas de doute que c'est de Dauxion Lavaysse, Dravermann, Tapiau, Liot, Méroné, Garbage, et quelques autres scélérats de cette trempe dont il veut parler.

Catineau Laroche annonce à Pétion qu'il s'agissait de le nommer gouverneur de toute la Colonie ; qu'on devait lui envoyer des commissaires porteurs de l'acte de sa nomination ; que le système de l'esclavage serait rétabli ; ce qui mettrait Pétion en guerre avec le Roi d'Hayti.

Dans sa lettre du 17 Février, Catineau Laroche annonce à Pétion que l'on parle beaucoup de ses bonnes intentions envers la France : qu'il avait offert des relations commerciales aussi favorables qu'en 1789 : qu'il ne désirait conserver que l'administration intérieure et une *espèce* d'indépendance.

Haytiens ! remarquez bien ce mot *espèce*, c'est la signification de *l'indépendance des droits* demandés par Pétion à S. M. Louis XVIII, par sa lettre à Dauxion Lavaysse. A présent que nous tenons le fil de la conspiration, la vérité perce avec éclat au travers des tournures de phrases amphibologiques.

Dans le modèle des pouvoirs des commissaires que Pétion devait envoyer pour traiter avec la France : la négociation devait avoir pour but, le rétablissement des rapports commerciaux : à effacer les maux de la guerre : à faire respecter les propriétés : assurer l'ordre public, *l'oubli du passé, venir au secours des malheureux français propriétaires à Saint-Domingue, et garantir les droits de tous les habitans.*

Les bases du traité auraient été de recevoir dans les ports de Saint-Domingue, les vaisseaux de commerce français sur le même pied qu'en 1789 ; de remettre aux ex-colons leurs propriétés de donner abri dans les ports de Saint-Domingue, à tous les bâtimens de guerre ou corsaires français de mettre à la disposition de la France, jusqu'à la concurrence de trois mille hommes de troupes régulières pour ses expéditions dans les antilles, dans le cas d'une guerre maritime ; de prêter foi et hommage au Roi de France, et de lui payer *trois millions* tournois [voilà le tribut] pour droits de joyeux avénement pour prix de ces concessions ; S. M. Très-Chrétienne devait renoncer à s'immiscer dans l'administration intérieure de la colonie.

Pétion vous abusait comme il trompait nos amis les anglais : il concédait *cinq pour cent* sur les marchandises anglaises, et dans le même instant, il accordait le commerce exclusif à la France et lui fournissait un contingent de troupes régulières dans le cas d'une guerre maritime ; il violait la constitution en même temps qu'il commettait un acte d'ingratitude, d'injustice et d'hypocrisie !

Haytiens ! vous étiez vendus ; il ne restait plus qu'à vous livrer à nos bourreaux.

Celui qui vous avait déjà trahi sous Bonaparte, par le canal des Liot et des Tapian, vous trahissait de même sous Louis XVIII, par les voies des Dauxion Lavaysse, Garbage, Méroné et Catineau Laroche ; il n'a pu consommer votre ruine, mais il vous trahira encore.........
Méfiez-vous de ce traître !

La

Le Journal des Débats de Paris, du 16 Janvier, dit que la résolution du Roi d'Hayti ne doit influer en rien sur le plan qui seul peut rendre Saint-Domingue à la France : c'est le parti que prendra Pétion, dit-il, qui décidera du sort de cette colonie, etc. Pour rattacher les hommes de couleur au gouvernement français, il ne faut que leur accorder les droits que Pétion réclame : et si les armées des provinces de l'Ouest et du Sud étaient réunies à un corps d'armée française, Christophe [le Roi] n'existerait pas dans six semaines.

Le rédacteur de ce journal connaissait les préparatifs qui se faisaient en France, pour envoyer une armée française qui devait être sous les ordres de Pétion, suivant ce que nous annonce la lettre de Catineau Laroche son agent à Paris ; tous les efforts des français devaient être dirigés contre le Roi, parce qu'il est le défenseur de la liberté et de l'indépendance ; les français et les ex-colons répandent des louanges sur Pétion, et ils se servent des termes offensans envers le Roi ; il est glorieux pour S. M. de leur inspirer des sentimens de haine, c'est le meilleur titre qu'elle puisse avoir à l'attachement et à la reconnaissance des haytiens : il est digne de Pétion, d'avoir pour apologiste de ses crimes des ex-colons et les ennemis d'Hayti.

L'ex-colon Jean Regnier, dans sa gazette, trouve la conduite de Pétion conforme aux intérêts de la France, et c'est la pure vérité, parce que Pétion est dévoué aux intérêts des français et des ex-colons : Jean Regnier approuve sa conduite ; il dit : qu'elle justifie les motifs qui l'ont engagé à détacher une partie de l'île d'Hayti sous l'obéissance du Roi : que le gouvernement français a pensé avec raison que le salut de sa colonie de Saint-Domingue dépendait de la conservation de Pétion : que Pétion connaissait bien sa position, quand il a reçu Dauxion Lavaysse au Port-au-Prince, l'a logé dans sa plus belle maison, que Pétion avait entamé une négociation avec lui, qui d'après les vües connues du Roi de France, ne peut que se terminer à l'avantage de sa métropole et de sa colonie.

Le Mémorial Bordelais nous a fait connaître à quel point étaient les arrangemens de Pétion avec Louis XVIII, lors de la rentrée de Bonaparte en France : les vaisseaux qui devaient porter les commissaires au

C c

Port-au-Prince, dit-il, s'appareillaient, on avait nommé les *pacificateurs*, dont la sagesse devait régler, de concert avec Pétion, une législation coloniale, qui aurait gagné bien vite à la France la partie du Nord.

Les nouvelles que nous recevons de Londres, confirment que Pétion avait été nommé Gouverneur général de toute la Colonie, qu'il avait été revêtu du cordon rouge, qu'il devait commander les troupes françaises, que plusieurs de ces soi-disant pacificateurs, ex colons, étaient arrivés à Londres; ils avaient déjà dans leurs poches, des brevets d'administrateurs de biens vacans et de commissaires des guerres à Jérémie, aux Cayes, à Jacmel, etc.

Enfin, la vie entière de Pétion, sa conduite passée et présente déposent contre lui; et lors qu'on les confronte avec les accusations lancées contre lui par ses complices; l'on acquiert des preuves irréfragables qu'il est un traître, un ennemi de la liberté et de l'indépendance. Traître au gouverneur Toussaint Louverture, il a servi la cause des français; sous les Leclerc et les Rochambeau, il a combattu pour la même cause; ce serait ici le lieu d'entrer dans les détails des trahisons, des crimes et des perfidies qui l'ont élevé dans la place qu'il a usurpée, et de sa trahison sous Bonaparte par le traité de Tapiau et l'espionnage de Liot; une série de preuves et de faits déposeraient encore contre la scélératesse monstrueuse de Pétion! mais cela nous entraînerait trop loin; examinons seulement ce qu'il a fait depuis le départ de Dauxion Lavaysse.

Pétion, par sa conduite, a prouvé que les ennemis d'Hayti avaient raison de compter sur lui et il a fait tout ce qu'il a pu, afin de bien mériter leur confiance; déjoué dans ses affreux complots par le Roi, n'ayant pu réunir Hayti à la France, il a fait tous ses efforts pour rallumer les fureurs de la guerre civile; que ce soit d'une manière ou d'une autre, il sert toujours la cause des français.

Pétion a poussé l'immoralité et le mépris des vrais intérêts du peuple, jusqu'à vouloir faire assassiner, par-dessous mains, les députés haytiens qui lui apportaient, au nom du Roi, des paroles de paix, de conciliations et des offres généreuses; il a répondu à cette ouverture pacifique, qu'exigeait impérieusement le salut du peuple menacé d'être exterminé par nos tyrans, par des outrages les plus sanglans, et il a justifié les paroles des Malouet, des Médina, des Jean Regnier et autres, *que jamais il ne se laisserait commandé par un nègre, que la guerre civile continuerait toujours, et qu'il était dévoué à la France.*

Pétion a fait accoler une note infamante à l'acte de l'indépendance, tendante à l'avilir et à la déprécier aux yeux de la nation ; l'écrit de *Colombus*, tous ses actes publics, des passages anti-haytiens insérés dans le journal du gouvernement appelé *le Télégraphe*, ne tendent qu'à provoquer les fureurs de la guerre civile, à démoraliser la nation, corrompre ses mœurs et pervertir l'esprit national, dans l'intention criminelle de pouvoir plus sûrement la livrer à ses oppresseurs ; il entretient des intelligences criminelles avec les ennemis du déhors ; il envoie sans cesse dans l'étranger des missionnaires choisis dans la couleur la plus rapprochée du blanc ; il reçoit au Port-au-Prince les espions français qui y viennent fréquemment s'aboucher avec lui.

Enfin, sans honte et sans pudeur, il a poussé l'effronterie jusqu'à se rendre, dans ses écrits, le défenseur de ces vils espions ; et il a poussé l'impudence encore plus loin, par des faux avérés, d'avoir osé tronquer les phrases de ses écrits, en voulant leur donner une signification contraire à leurs vrais sens primitifs, toujours dans l'intention d'égarer le peuple et de tromper l'opinion publique.

Pétion s'est déclaré traître à la patrie, coupable du crime de haute trahison, convaincu de complicité avec Dauxion Lavaysse, espion français, de complots et d'intelligences criminelles avec les ennemis d'Hayti, tendans à renverser l'état et à plonger la population dans l'esclavage et les préjugés de 1789.

1°. Pour avoir souffert que Dauxion Lavaysse ait insulté le peuple haytien, par les épithètes *de sauvages malfaisans et de nègres marrons;* d'avoir répondu à ses insultes par de viles adulations, et de l'avoir sollicité de se rendre au Port-au-Prince malgré ses outrages, et d'avoir accueilli ses propositions infamantes contenues dans sa lettre du 6 Septembre.

2°. D'avoir accueilli D'auxion Lavaysse au Port-au-Prince, de lui avoir fait rendre des honneurs militaires qui ne sont dûs qu'aux ambassadeurs, et de l'avoir admis dans son intimité.

3°. D'avoir admis Dauxion Lavaysse à négocier sur des bases infamantes, contraires à la liberté et à l'indépendance du peuple haytien ; d'avoir accueilli ses propositions attentatoires aux intérêts de la nation ; d'avoir souffert que l'espion lui ait proposé de préparer le peuple à faire le sacrifice de sa liberté et de son indépendance ; d'avoir souffert aussi que ce vil espion ait osé lui désigner la mort et le genre de supplice qu'éprouveraient les défenseurs de la patrie, qu'il avait qualifiés *d'hommes violens et incorrigibles, dont les préjugés sont incompatibles à la tranquillité de la colonie.*

4°. D'avoir parjuré son serment, violé l'acte de l'indépendance ; d'avoir attenté à la souveraineté du peuple, en marchandant par écrit avec un vil espion ses droits civils et politiques, qu'il aurait anéantis s'il n'avait pas craint de compromettre sa sécurité et son existence.

5°. D'avoir conspiré sourdement avec Dauxion Lavaysse, dans des conciliabules secrets et dans leurs écrits par des phrases louches et à double sens, afin de cacher au peuple leurs complots ténébreux contre la liberté et l'indépendance du peuple haytien ; d'avoir dit implicitement à l'espion, qu'il était devenu haytien malgré lui, par nécessité absolue, quand il n'a pu faire différemment ; d'avoir mandié l'oubli du passé et les faveurs du Roi de France, pour être traité et considéré comme français.

6°. D'avoir étouffé au peuple, aux généraux et magistrats, la connaissance du système politique de Malouet, consigné dans les instructions de Dauxion Lavaysse, dont Pétion était parfaitement instruit de son propre aveu, et en outre les ayant reçues par les envoyés du Roi, le dimanche 20 Novembre 1814.

7°. D'avoir mis à la délibération des généraux et magistrats de la république, sept jours après avoir reçu les instructions de l'espion, l'abolition de l'acte de l'indépendance, par l'établissement d'un gouvernement provisoire au nom de S. M. Louis XVIII ; d'avoir imposé au peuple un honteux tribut : d'avoir abusé et trompé la confiance des généraux et magistrats, en demandant à S. M. Louis XVIII *l'indépendance des droits,* au lieu de l'indépendance d'Hayti ; d'avoir accordé le commerce

exclusif

exclusif à la France, comme en 1789, *qui faisait*, dit-il, *notre bonheur*, et qu'il était *sans aigreur ni prévention contre la nation française.*

8°. D'avoir fait partir Dauxion Lavaysse pour la Jamaïque sur une goëlette haytienne , ayant eu les preuves en main qu'il était un espion envoyé par Malouet , *pour s'informer de nos moyens intérieurs ;* d'avoir concerté avec cet espion sur les moyens que le gouvernement français devait employer pour parvenir à nous faire rentrer sous le joug, et de l'avoir récompensé de quelques milliers de gourdes.

9°. D'avoir cherché par sa proclamation du 3 Décembre , par des maximes absurdes , des assertions fausses et mensongères à fasciner les yeux du peuple sur sa trahison , à tromper et à égarer l'opinion publique.

Par ces neuf chefs d'accusation , Pétion est convaincu du crime de haute trahison et de complicité avec Dauxion Lavaysse, espion français ; la preuve légale et évidente se trouve dans leurs propres écrits.

10°. D'avoir entretenu des intelligences criminelles avec les ennemis extérieurs d'Hayti, en envoyant dans l'étranger , Tapiau , Garbage et Méroné, ses agens , choisis dans la couleur la plus rapprochée du blanc ; d'avoir reçu au Port-au-Prince les espions français Liot, Dauxion Lavaysse et en entretenant une correspondance avec l'ex-colon Catineau Laroche , tendante à subvertir l'état.

11°. D'avoir fait un traité secret avec le gouvernement français , dont les bases auraient eu pour but , de soumettre le royaume d'Hayti au pouvoir de la France, moyennant qu'il aurait conservé une *espèce* d'indépendance ; la place de Gouverneur général de la Colonie et la décoration du cordon rouge ; de s'être obligé pour prix de ces concessions de rétablir les colons sur leurs soi-disant propriétés; de remettre la population dans l'esclavage et les préjugés de 1789: pour parvenir à ces fins, faire la guerre au roi d'Hayti ; de commander l'armée française ; de placer les troupes haytiennes aux avant-gardes , pour éclairer les marches et lever les embuscades, dans l'intention de faire périr les haytiens les uns par les autres.

12°. D'avoir détaché une partie du royaume de l'obéissance du premier chef pour servir les intérêts de la France et des ex-colons , et

D d

par la haine invétérée qu'il porte à la population noire d'Hayti : d'avoir
conspiré, trahi et détruit son chef, allumé la guerre civile, pour avoir
le prétexte de se saisir des rênes du gouvernement et de se donner les
moyens d'exécuter le projet de réunion d'Hayti à la France, et le
rétablissement de l'esclavage et des préjugés.

13°. D'avoir, dans l'intention criminelle d'affaiblir la population
d'Hayti, fait tous ses efforts pour entretenir la guerre civile : d'avoir,
dans cette intention, rejeté les offres généreuses du Roi, pour éluder
la réunion des haytiens, d'y avoir répondu par des outrages : d'avoir
cherché par-dessous main à faire insulter et assassiner la députation :
d'avoir justifié, par sa conduite et ses écrits scandaleux, les dépositions
des Malouet, des Médina, des J. Régnier et autres : *Que sa conduite
est conforme aux intérêts de la France, que jamais il ne se laisserait
commander par un nègre, que la guerre civile continuerait toujours et que Pétion était dévoué à la France.*

14°. D'avoir cherché dans ses discours et dans ses écrits, à pervertir
l'esprit public et à démoraliser la nation ; d'un côté prêchant en faveur
des français l'*oubli du passé, la modération, cherchant à réveiller le
souvenir de l'ancien attachement à la France,* pour pouvoir livrer le
peuple à ses oppresseurs ; de l'autre côté provoquant la guerre civile,
renouvellant les malheurs passés pour aigrir les esprits, armer les citoyens
les uns contre les autres ; de faire naître une haine irréconciliable ; d'établir d'éternelles barrières pour s'opposer à la réunion du peuple haytien.

15°. D'avoir accordé le commerce exclusif à la France et un contingent de troupes haytiennes pour ses guerres maritimes, au mépris des
constitutions d'Hayti et au détriment de la brave et loyale nation
britannique, qui nous a toujours aidé dans nos adversités.

Tel est l'exposé fidèle des crimes et attentats de Pétion envers le
peuple haytien ; crimes et attentats d'autant plus horribles qu'il les a
couvert du voile de sa monstrueuse hypocrisie ! C'est tout en ayant l'air
de discuter les intérêts de la patrie, qu'il a conspiré sourdement à la
livrer aux ennemis du dehors ; c'est en ayant l'air de prôner la liberté,
l'égalité et l'indépendance, qu'il travaille de tout son pouvoir à les anéantir,
à livrer ses concitoyens dans la main de leurs bourreaux et à les plonger

dans les horreurs de l'esclavage ; c'est en ayant l'air d'être un républicain farouche avec le Roi d'Hayti, qu'il était royaliste et qu'il mandiait la place de Gouverneur, et de sujet de S. M. Louis XVIII ; je ne finirai pas à vous faire les contrastes de sa conduite avec lui-même, telle a été sa vie entière, c'est judas personnifié qui vous embrasse et vous entraîne au supplice !

Haytiens ! mes frères, noirs et jaunes de partie de l'Ouest et du Sud, j'ai rempli la tâche que mon devoir, l'amour de ma patrie, de mon Roi et de mes compatriotes m'ont inspirée ; je vous ai mis sous les yeux le tableau des crimes épouvantables de Pétion et les preuves de son infâme trahison.

Haytiens ! mes frères, je ne vous tracerai point la conduite que vous avez à tenir, elle se présente devant vous d'elle même : vous êtes des hommes libres, vous êtes éclairés, vous connaissez vos devoirs, vous avez combattu et versé glorieusement votre sang depuis 25 années pour la patrie, la liberté et l'indépendance, qu'un traître veut vous ravir. Songez que le peuple haytien vous observe : songez que les nations ont les yeux fixés sur vous : songez à votre postérité et à vous mêmes ! qu'il ne soit pas écrit dans les pages de notre histoire, qu'un monstre vous ait trahis, avilis et dégradés, sans que vous ayez tiré une juste vengeance !

F I N.

ERRATA.

Page 6, ligne 2, au lieu *donc*, lisez *dont*.

8, ligne 33, au lieu *haytiens*, lisez *haytien*.

11, ligne 2, au lieu *êtes*, lisez *être*.

11, ligne 7, au lieu *eu*, lisez *eues*.

11, ligne 29, au lieu *prouvé*, lisez *prouvée*.

12, ligne 8, au lieu *ait*, lisez *ayent*.

16, ligne 9, au lieu *entretenue*, lisez *entretenu*.

17, ligne 10, au lieu *entreprise*, lisez *entrepris*.

18, ligne 3, au lieu *11*, lisez *9*.

19, ligne 14, au lieu *Prédident*, lisez *Président*.

23, ligne 2, au lieu *citoyens*, lisez *citoyen*.

23, ligne 28, au lieu *deu*, lisez *peu*.

67, ligne 22, au lieu *discutions*, lisez *discussions*.

73, ligne 5, au lieu *fondée*, lisez *fondé*.

88, ligne 5, au lieu *tout*, lisez *tous*.

www.ingramcontent.com/pod-product-compliance
Lightning Source LLC
Chambersburg PA
CBHW051553280626

47162CB00022B/2173